Monello in viaggio

Le avventure di un piccolo gatto in un grande viaggio

Una storia di Gatti di

Thomas Gaiser

Tradotto dal tedesco da

Dalmazio Bragato

Con illustrazioni di

Christine e Sarah Schott

In ricordo del nostro gatto Birichino, il mio Biri, e la nostra fedele micia isolana Sami, che ora si trovano uniti nel paese dell'arcobaleno.

In originale tedesco
© 2012 Thomas Gaiser
Traduzione © 2015 Gaiser/Bragato

Stampa e casa editrice
Herstellung und Verlag
Books on Demand GmbH, Norderstedt

ISBN 978-3-734-74959-9

Indice

Il gatto Monello

Monello era un gatto. Non particolarmente grande, non particolarmente piccolo, non molto grasso, non molto magro, non particolarmente bello, ma anche tutt'altro che brutto. In breve, un gattino del tutto normale, scaltro, come lo si può trovare in qualsiasi fattoria di ogni paese, in ogni città, semplicemente dappertutto. Aveva il pelo grigio tigrato e un nasino rosso, ma qualcosa lo distingueva da tutti gli altri: aveva grandi occhi verdi penetranti e scintillanti, che potevano apparire tanto severi quanto benevoli, oscuri quanto teneri.

A meno che non fossero semplicemente chiusi, perché come tutti i gatti, anche Monello dava grande importanza a lunghi periodi di relax. Non comprendeva lo stress degli esseri umani, che corrono avanti e indietro dalla mattina alla sera, sempre di fretta e senza mai trovare pace.
Questo provocava quindi un certo conflitto di base nella convivenza di Monello con la sua gente.

A lui, date le circostanze, era andata abbastanza bene. Date le circostanze perché, in effetti, a lui non era consentito di scorazzare liberamente nei dintorni come ai suoi grandi parenti, i leoni e le tigri o come anche i piccoli gatti selvatici. D'altra parte questa limitazione aveva anche i sui lati positivi: si pensi solo a quelle utili conquiste come le lettiere per gatti, i pasti regolari e un posticino caldo vicino alla stufa e alla profonda amicizia di certe persone e alle loro coccole!

Come spesso accade nella vita però, le cose buone si riconoscono soltanto quando non sono più disponibili!

Il proprio nome lo aveva ricevuto dalla sua mamma. Per un qualche motivo, nessuno sapeva esattamente il perché, questa aveva una speciale simpatia per l'Italia, e poiché i gatti capiscono tutte le lingue del mondo, chiamava il suo monello proprio con il nome "Monello", che corrispondeva esattamente a ciò che era. E comunque questo nome se l'era di fatto guadagnato a tutti gli effetti.

Tutto cominciò così

Monello venne al mondo con alcuni fratelli e sorelle in una fattoria di una piccola città, che veramente era solo un paesino, da qualche parte nel sud-ovest della Germania. Dove, esattamente, non lo sapeva ma neppure gli importava granché. Non era certo un Gesù Bambino e, sebbene fosse nato in una stalla sulla paglia, non è cresciuto tra bue e asinello, bensì tra mucche, capre, pecore e conigli. Inoltre la famiglia di gatti era diventata subito un'attrazione per tutti i bambini del paese.

La brigata di gattini scorrazzava allegramente nel cortile con Monello sempre in testa. Ed era stato lui il primo a scoprire che i piccoli artigli si potevano piantare a meraviglia nelle morbide ruote di gomma delle biciclette dei ragazzi, per arrampicarvisi. Prima che i bambini se ne accorgessero, si era già arrampicato fino in alto su una bicicletta troneggiando orgoglioso sul sedile.

Naturalmente non tutto si svolgeva senza difficoltà. A volte scivolava giù o restava appeso alla gomma troppo morbida, ma da questi insuccessi non si lasciava di certo scoraggiare.

I cuccioli di gatto devono imparare a sopravvivere, e così la sua mamma lasciava Monello libero di fare esperienza, ma teneva anche sempre un occhio vigile su di lui, e questo si rivelava effettivamente necessario.

Un'altra attrazione nella fattoria era il recinto delle capre. Anche lì in primavera c'erano dei neonati e naturalmente per un piccolo gatto curioso, era una cosa ovvia andare a guardarsi queste strane creature più da vicino.

Per un gattino il recinto non rappresentava un ostacolo insuperabile e così, in un bel giorno soleggiato, Monello sgattaiolò dentro dalle capre. Queste perlustravano i dintorni, muovendosi insicure sulle loro gambette esili, in cerca di erba da mangiare.

Puah, erba!, questo proprio non va, pensò Monello. Un pasto come si deve, così gli era stato insegnato e questa gli sembrava anche l'unica cosa ragionevole, deve consistere soprattutto di molta carne.

In alternativa può andare bene anche il latte, ma l'erba? Animali che si nutrivano in questo modo, non erano da prendere sul serio per principio. Si drizzò quindi davanti a uno dei capretti più grandi e gli saltò in groppa.

Ooooh, che pelo lungo aveva, c'era da divertirsi un mondo ad aggrapparvisi e stropicciargli un po' le orecchie con le unghie.

Terrorizzato il piccolo capretto iniziò a lamentarsi. Cominciò a scalpitare per disarcionare l'aggressore, ma quello si aggrappava ancora più forte con le unghie e così sfrecciavano insieme per tutto il recinto. Che divertimento per Monello!

Naturalmente la confusione fu notata subito. Tutti i gatti accorsero sul posto, come pure tutti i bambini che al momento si trovavano nel cortile con le loro mamme. Perfino il contadino uscì dalla stalla.

Costui arrivò giusto in tempo per vedere la mamma capra infuriata accorrere in aiuto del suo piccolo, catapultando giù dalla schiena l'aggressore con una cornata mirata. Monello svolazzò per aria e rimase a terra confuso, accanto al recinto.

Non riusciva quasi a muoversi, tanto gli faceva male la zampetta posteriore sinistra. La mamma capra intanto si avvicinava sempre di più! La mamma di Monello arrivò appena in tempo e soffiò con tutta la sua forza verso la capra. Questa, da prima poco impressionata, iniziò però poi ad indietreggiare.

Lara e Lena erano due gemelle di sette anni, ed erano esattamente così come devono essere due gemelle.

Erano identiche come 2 gocce d'acqua e facevano sempre tutto insieme. Le visite alla fattoria erano diventate per loro un'abitudine e ogni pomeriggio andavano a vedere i gattini. Ne avrebbero presi volentieri due, o almeno uno! Gli avrebbero messo tutti i loro vestitini da bambola e si sarebbero divertite un sacco a giocare con lui.

Così sono fatte le bambine. I gatti hanno invece un'idea di vita del tutto diversa. Ma loro naturalmente questo ancora non lo sapevano.

Quel giorno, arrivarono alla fattoria con la loro Mamma che voleva solamente comprare latte e burro nella bottega e ai gatti non era molto interessata, proprio quando scoppiò il tumulto. Entrambe le bambine corsero immediatamente verso il recinto delle capre, giusto in tempo per vedere il gattino - che già aveva fatto a pezzi il sedile della loro bicicletta e rapito l'orsetto dal cestino - svolazzare per aria.

"Mamma, aiutaci" chiamarono le bimbe, "dobbiamo salvare il gattino!" e già stavano per aprire il cancello del recinto.

"Ferme" gridò il contadino, "questo non potete farlo, è troppo pericoloso, con la mamma capra così infuriata. Quella, care bambine, vi infilza direttamente sulle corna!"

"Ma allora faccia qualcosa" disse la signora Weinmüller, la mamma di Lara e Lena. "Il gattino deve uscire da lì o lo faranno a pezzi."

"Gli starebbe proprio bene, a quella piccola canaglia" borbottò il contadino nella sua barba. Ma essendo un buon uomo che amava gli animali, in particolare quelli della sua fattoria, e, ben sapendo che i cuccioli sono un'attrazione per le bambine e di conseguenza anche per le loro mamme, aprì cautamente il recinto e calmò la mamma capra e il capretto tremante di paura.

"Entrate pure, Lara e Lena, adesso con un po' d'attenzione, potete prendere il gattino. Signora Weinmüller, stia attenta per favore che non lo tocchino troppo bruscamente, forse è ferito."

Lara sciolse il suo foulard e Lena vi posò sopra delicatamente il micino sofferente. Insieme lo portarono dalla mamma.

Cosa ne facciamo adesso? Guarda come trema il gattino! Vorremmo curarlo e magari tenerlo."

La Signora Weinmüller era un po' costernata.

"Un gattino, a casa nostra? e come ve lo immaginate?"

„Oh, per favore Mamma, guarda come soffre, da noi starebbe così bene e inoltre avremmo anche un compagno di giochi!"

In quell'istante Monello spalancò gli occhi. Aveva male dappertutto, una zampetta era sicuramente fratturata o peggio e la coda spezzata.

Giaceva ancora nel foulard di Lara e guardò la signora Weinmüller con i suoi grandi occhi verdi.

"Le bambine possono tenerlo?" chiese al contadino. Le gemelle esultarono e Monello era totalmente stupefatto. Che cosa succedeva adesso?

Il contadino disse alla signora Weinmüller: „La cosa migliore è portarlo dalla signora Petersen, la veterinaria qui accanto. E se lei pensa e ci sia ancora qualcosa da fare, può tenerlo volentieri – io ho comunque troppi gatti nella fattoria e devo fare in modo che i piccoli finiscano in buone mani. E penso che le sue gemelle siano proprio quelle giuste. Le prendo subito un appuntamento dalla veterinaria.

La famiglia si recò rapidamente dalla signora Petersen con il gattino ancora tremante e le raccontò la storia.

"Svelti, gli darò subito un'occhiata che qui bisogna fare in fretta", disse questa ed iniziò a visitare Monello. Gli tastò la pancia, le costole, gli guardo nelle orecchie, lo tirò per le zampette, osservò la coda. E scoprì anche che era un maschietto.

„Il vostro gattino é un piccolo maschietto! L'ometto non ha niente di rotto e pare che non abbia neppure lesioni interne. Credo che si sia solo spaventato terribilmente. Comunque voglio fargli subito un'iniezione contro la rabbia e dopo lo potete portare a

casa. Per sicurezza vi do un cestino, me lo potrà portare indietro alla prossima occasione. Ma attenzione, nei prossimi giorni non potrà ancora uscire e se dovesse esserci qualcosa, la prego di telefonarmi immediatamente.

E fu così, che Monello si trasferì da Lara e Lena, dal Signor e dalla Signora Weinmüller. Non in maniera trionfale come in effetti si addice ad un gatto, sembrava più un trasferimento di un ferito, ma Monello decise che intanto bisognava dormire e ritornare in forma.

Che vita da gatti

Il Signor Weinmüller osservò un po' perplesso la piccola comitiva che s'incamminava verso casa. La donna e le gemelle le conosceva già, ma che cos'era quell'insolito cestino che Lara teneva tra le mani?

Non erano uscite di casa soltanto con la borsa della spesa?

Nel cestino qualcosa si muoveva.

"E questo che cos'è?" domandò alle figlie. Entrambe risposero contemporaneamente "Un gatto ferito! Si vede, no?"

"Ah, e adesso vorreste aprire qui uno Zoo?"

La signora Weinmüller gli raccontò la storia e disse che non ci sarebbe stato alcun problema ad ospitare un gattino in casa e in giardino. Tra l'altro ancora così piccolo e ferito. Inoltre, cosa ci sarebbe di meglio, per insegnare a Lara e Lena un po' di senso di responsabilità sociale?

Monello sentiva che doveva inventarsi qualcosa. Non sapeva ovviamente che cosa gli sarebbe toccato, ma sicuramente sarebbe stato emozionante, e così come si presentava la situazione, anche l'argomento cibo non sembrava rappresentare un problema dai Weinmüller.

Guardò pertanto fuori dal cestino, con un'espressione estremamente sofferente (in caso di necessità tutti i gatti sanno farlo benissimo) e, attraverso i suoi grandi occhi verdi, gettò poi uno sguardo penetrante al Signor Weinmüller.

"E va bene", brontolò questo, "le cose capitano sempre quando meno te le aspetti e così abbiamo allargato la famiglia. Ma", egli guardò Lara e Lena con sguardo severo, "sappiate che un animale non è un giocattolo che si mette da parte quando non si ha più voglia di giocare con lui. Dovrete occuparvi del gattino anche se a volte non ne avrete voglia. E anche la sua lettiera e la ciotola del cibo devono essere puliti tutti i giorni, perché possa sentirsi bene da noi".

Lara e Lena si comportarono come tutti i bambini in queste circostanze. Del resto avrebbero promesso qualsiasi cosa, per realizzare il loro desiderio.

Così Monello fu accolto nella famiglia e, siccome la signora Weinmüller stessa aveva sempre avuto gatti da bambina, sapeva qual'era la prima cosa da fare: procurare una vaschetta, metterci la lettiera, predisporre una ciotola per il cibo, riempire una ciotolina di acqua, scegliere un posticino caldo. In breve, costruirgli una tana.

Non che Monello si interessasse particolarmente all'architettura di tane, ma sul suo posto preferito, "provvisoriamente definitivo" avrebbe voluto decidere da sé. Intanto però era soddisfatto degli sviluppi della situazione e visto che ancora gli facevano male tutte le ossa, decise per primo di riposarsi e di schiacciare un pisolino.

Intanto di questo magnifico piano purtroppo non se ne fece nulla. I genitori chiesero infatti ai loro bambini, che nome avesse.

Monello drizzò le orecchie, che novità c'era adesso? Lui un nome ce l'AVEVA ed era bellissimo! Ma poi pensò che quello in effetti lo conosceva solo lui e gli altri gatti. Gli uomini non sono dotati di sensori gatteschi per i nomi e quindi ne assegnano di propri. La cosa lo incuriosiva.

Lara guardava seria.

"Io non lo so il suo nome e neanche il contadino gliene ha dato uno. Ma guardate un po', sulla fronte sembra che ci sia scritta una "M". Il nome deve quindi iniziare con la "M"." Lena annuiva.

"Hm" pensò il signor Weinmüller. "E' un bellissimo tipo, bello quasi come una statua. Io trovo, che potrebbe averlo creato anche un Michelangelo, quindi dovrebbe anche chiamarsi così, o no?"

Monello ci pensò su. E va bene, questo intanto era a posto così. Suonava pur sempre un po' italiano e il nome sarebbe sicuramente piaciuto anche alla sua Mamma. Ammesso che fosse il caso di dovere rispondere per forza a un nome, allora che fosse pure questo.

Naturalmente dalla veterinaria fu registrato come "Michelangelo Weinmüller", ma altrettanto naturalmente lo chiamavano solamente "Michi". Ora, fintanto che non diventava "Michel" o "Angelo" o qualcosa di altrettanto strano, era possibile, per un piccolo gatto che si preparava a diventare un gatto forte e adulto pronto a godersi la vita, anche conviverci.

Monello crebbe e si sviluppò e divenne sempre più intraprendente. Dopo aver messo in chiaro un paio di cose come ad esempio che avrebbe voluto giocare quando garbava a lui, fossero state anche le tre di notte, anche la convivenza con i Weinmüller funzionava alla perfezione. Il Servizio era efficiente e quando voleva dormire trovava sempre un posticino, che fosse davanti al termosifone, che fosse in un cestino davanti alla finestra, che fosse sul tappetino del bagno, sulla panca della stufa o meglio ancora rannicchiato sul caldo pavimento di pietra della terrazza.

Una volta sola ci fu una vera baruffa: le gemelle erano del parere, di doverlo vestire.

"Altrimenti avrà freddo!" pensò Lena.

Presero quindi dall'armadio una sciarpa di lana celeste con la quale iniziarono ad avvolgere Monello, proprio mentre si stava godendo un sonnellino ristoratore sulla terrazza. Dapprima socchiuse gli occhi un po' incredulo, come si poteva disturbarlo in tale importante attività? ma poi iniziò a soffiare ed estrarre gli artigli per difendersi. Le gemelle indietreggiarono spaventate ed il gatto incominciò a disfare la sciarpa. Voleva assolutamente liberarsi di quella cosa. E come fu, in breve aveva trovato il capo di un filo di lana che iniziò a tirare e a strattonare. Come per effetto di una mano misteriosa, la lana intorno al suo corpo diventava sempre di meno e la montagna di lana, ancora celeste, sempre più alta. Ma che divertimento! E che non si illudessero che si sarebbe lasciato fare di tutto!

Meno divertente lo trovò la Signora Weinmüller, che aveva confezionato la sciarpa. Ma quando poi vide, con quale gioia, Michi Monello maltrattava la lana sfrecciando sulla terrazza ed attraverso il giardino, incominciò anche lei a ridere.

"Ecco, vedete mie care bambine, quali sono le conseguenze quando si vuole imporre ad un animale qualcosa contro la sua volontà. Spero che questo vi serva da lezione. La lana voglio recuperarla, era nuova di zecca e forse riesco ancora a combinarci qualcosa".

Monello iniziò ad esplorare i dintorni. Nel frattempo era diventato un gattone, per quanto non ancora del tutto imponente, che però sapeva assolutamente difendersi. Quello che gli era rimasto, erano i grandi, rotondi occhi verdi, con i quali sapeva guardare in modo così penetrante e con i quali osservava attentamente il mondo.

La casa dei Weinmüller si trovava ai margini del paese e Monello incominciò le sue scorribande dietro al giardino. Là si trovavano alcuni campi e prati, proprio un paradiso per un cacciatore. Riceveva sì del buon cibo per gatti ma un topo, così ogni tanto, non era neppure da disdegnare. Tra l'altro ci si poteva giocare così splendidamente.

Anche uccelli non era male, ma erano difficili da prendere perché se ne volavano semplicemente via! Non era assolutamente tollerabile.

Un'altra cosa che gli piaceva molto, era il pesce.

Monello e Otello

Di fronte al margine del Bosco si trovava un piccolo stagno nel quale nuotavano dei pesci. Monello era capace di stare lì seduto per ore, aspettando attentamente, fino a quando un pesciolino era così incauto da nuotare in vicinanza della riva. Allora si sentiva "squash-splish-splash", una zampa di gatto penetrava fulmineamente la superficie dell'acqua e già nello stagno, si trovava un pesce di meno.

Qui terminava il suo territorio perché nel bosco non ci andava. Non sapeva cosa farci là e tra l'altro vi si trovavano rumori ed odori così inquietanti, volpi e cinghiali, con i quali preferiva non averci niente a che fare.

Al ritorno da una battuta di caccia, gli venne in mente di andare a fare visita alla fattoria dove era nato e dare un'occhiata alle capre. La strada non la conosceva ma il suo istinto lo avrebbe di certo guidato. Attraversò pertanto i giardinetti delle case, sempre annusando, se avesse sentito qualcosa di interessante.

Si, qualcosa c'era. Odorava di gatto! Adesso era necessario fare attenzione, si trovava in un territorio straniero.

E non ci volle nemmeno molto che un grosso gatto nero si presentò sul cammino. Questo lo squadrava non proprio amichevolmente e gli si piazzava davanti, la coda gonfia e drizzata verso l'alto.

„Allora chi abbiamo qui? Chi è questo piccolo intruso?" Non lo sai che questo è il mio regno?"

A Monello il cuore scivolò nella zampa posteriore sinistra, ma naturalmente non poteva farlo notare.

"Non darti troppe arie, il paese è abbastanza grande per tutti. Tra l'altro abito qui anch'io, esattamente come te!"

Il Nero emise un ruggito di avvertimento e tirò fuori gli artigli.

"Ti faccio vedere subito chi abita dove" disse minaccioso. "Togliti un po' dai piedi, piccolo!"

"Fallo un po' tu" rispose sfacciatamente Monello. Ma questo è ancora meglio, non si sarebbe di certo lasciato sbarrare il passaggio da un vecchio gatto del genere. Costui d'altra parte vedeva la cosa esattamente al contrario e così, successe quel che doveva succedere: i due si avventarono uno sull'altro. Si sviluppò una zuffa che andò avanti con relativo fracasso, fintanto che il proprietario del giardinetto, non ne poté più e aprì il tubo dell'acqua. Fradici come due pulcini, Monello e il Nero corsero al di là della strada al sicuro.

"Beh, che peccato però, proprio mentre stavamo combattendo come si deve" ansimò Monello. "Con te è molto più divertente che sempre con questi topi e pesci."

Il Nero si sorprese. "Hai appena detto qualcosa a proposito di pesci?" "Ma certo, giù allo stagno ce ne sono e sono molto buoni! Quello però sarebbe il mio territorio, ma, se tu mi lasciassi passare di qui, potresti venire una volta con me". disse astutamente. "Tra l'altro, io mi chiamo Monello!"

Quell'altro non ci pensò a lungo, che cosa sarà mai, se il Piccolo ogni tanto passa da lui? Se in cambio c'era del pesce fresco, allora che passasse pure. Inoltre gli doveva rispetto, per come l'altro gatto sapeva combattere.

"Io sono Otello" disse. "Quando andiamo allo stagno?"

Monello gli diede un buffetto sul naso. "Non appena sarò stato dalle capre."

I due divennero ottimi colleghi. Cosa non del tutto ovvia, in quanto i gatti si considerano di solito concorrenti, per il territorio, per il cibo, per le gatte … ma Monello non riusciva a prendere sul serio quel Nero un po' ingenuo e per Otello, l'altro era semplicemente solo "il Piccolo". Così la cosa si combinava perfettamente.

Monello aveva la sua routine giornaliera. Al mattino, quando le gemelle erano a scuola e anche i genitori seguivano le proprie occupazioni, si curava di starsene disteso a risposare nel suo cestino alla finestra. A mezzogiorno amoreggiava con le gemelle, non soltanto per la pura gioia di vederle, bensì perché le due si lasciavano sempre intenerire, per poi offrire al loro affettuoso gattino qualcosa di prelibato.   Poi di solito andava a caccia con Otello, e la sera era nuovamente dedicata al riposo.

Cosa che a volte si rivelava difficoltosa: come può un gatto trovare pace, quando ci sono quattro persone che fanno baccano? Ma per fortuna c'era sempre questo o quel posticino: sul davanzale della stireria, nel sempre ben riscaldato locale caldaia, o molto semplicemente sul divano.

La notte la trascorreva dalle gemelle. Questo comportava dapprima sempre qualche litigio, in quanto ciascuna aveva una propria camera. Monello risolse la cosa molto diplomaticamente, dapprima mettendosi sul letto di Lena e, quando questa si era addormentata si concedeva a Lara, grattava alla porta finché lei gli apriva e continuava a dormire lì.

Così tutti erano soddisfatti del compromesso di Monello.

Un giorno poi arrivò il momento e Otello venne con lui allo stagno! Monello squadrava un po' preoccupato quel tipo grosso e nero.

"Tu non hai ancora proprio mai pescato?" gli domandò. Otello chiarì che se la cavava meglio con gi uccelli e Monello pensò tra sé, beh, la cosa potrebbe anche farsi divertente.

E in effetti fu uno spasso. Monello si sedette sulla sua postazione. Era un piccolo pezzo di roccia, nel punto in cui un piccolo ruscello lasciava lo stagno. Lì, per prima cosa si riusciva a stare al sole e secondo, era così poco profondo che i pesci dovevano avvicinarsi alla superficie.

Maliziosamente disse a Otello: "Siediti là di fronte e osserva come faccio io. Quando vedi un pesce, devi colpirlo fulmineamente con la zampa".

Sfortunatamente in quella posizione, dove doveva stare Otello, l'acqua era molto più profonda. Monello si pescò due pesciolini e per il momento era soddisfatto. Otello era stupefatto.

"Ed ora a te, Nero" lo incoraggiò Monello. Ed effettivamente, il gatto si sporse in avanti, sempre e sempre più in avanti, e poi colpì! Non aveva però considerato la profondità, mancò il pesce, che già da un pezzo era guizzato nell'acqua più profonda, perse l'equilibrio sul sottofondo erboso e piombò in acqua.

Monello poté a stento reggersi dalle risate, quando il nero uscì dall'acqua grondante, starnutendo e piagnucolando pietosamente.

"Ora puoi capire quanto sia difficile. Ma vieni, non voglio essere crudele, ho qui due pesci e ce li dividiamo di gusto."

E fecero esattamente così.

Il viaggio comincia

Monello era, come chiunque poteva facilmente riconoscere, un tipetto scaltro, che aveva anche capito come affascinare qualunque persona con i suoi grandi occhi verdi.

Ci riuscì anche con Enzo, il panettiere italiano, che passava ogni settimana in paese con il suo furgone e riforniva la gente di prodotti da forno, di pasticceria italiana e del suo fascino.

"Guardati un po' le mie nuove ciambelle salate – la ricetta è locale ma con gusto italiano. E' buona, serr gutt!" offriva decantando la sua merce nel suo miscuglio di italo-tedesco. E la vendeva sempre tutta. Sempre!

Monello aveva scoperto, che il furgone a volte rimaneva aperto. Naturalmente non si lasciò scappare l'occasione di saltarci dentro e guardarsi intorno con curiosità. Chi poteva mai sapere, cosa non c'era di buono da scoprire lì dentro? Dove c'è farina, ci sono anche topi, si disse. Naturalmente non ne trovò, dato che Enzo era un panettiere meticoloso.

Ma oplà, la porta si chiuse ed il furgone ripartì. Monello si era dapprima spaventato, ma subito dopo trovò divertente andare a trovare il prossimo cliente. Questo stava casualmente nella casa, dove abitava la dolce gattina Florentina. Una bellissima Signora Gatta, con mantello persiano e incantevoli occhi azzurri. Se solo potesse affascinare la Bella, mentre partiva con il furgone!

La porta si riaprì ed Enzo gridò "Mamma mia, ancora questo monello". Il gatto si meravigliò, che oltre che conoscere il suo nome lo pronunciasse anche correttamente, Moneeello, e gli si strusciò intorno alle gambe. A questo gesto corrispose un buffetto sul didietro "Vedi di tornartene a casa, piccolo furfante." A Enzo piaceva ed era contento per la temporanea compagnia.

Purtroppo Florentina era meno impressionata. Non voleva di certo un gatto arrivato da una fattoria, si meritava sicuramente qualcosa di meglio. Monello era totalmente affranto e decise di utilizzare altre strategie. Non è che a Florentina potesse forse piacere un pesce fresco?

"Bah, e che ne so io di che cosa c'è lì dentro, il pesce vero nuota nelle scatolette che mi presenta il mio Apriscatole. E soprattutto, raccontami qualcosa di nuovo dal mondo, prima di tornare da me."

Femmine capricciose, pensò Monello tra sé e si ritirò. Come poteva apprendere qualcosa di nuovo dal mondo? Da Otello sicuramente no, quello non sapeva neppure che cosa succedeva oltre il suo giardino. Era un bel pasticcio.

Mentre se ne stava così seduto a bordo strada a meditare sul problema delle donne, passò nuovamente il furgone di Enzo. Si fermò accanto alla casa di Florentina. Enzo e uno sconosciuto iniziarono non a scaricare bensì a caricare. Un furgone così può essere infatti usato in molti modi! E così non solo poteva trasportare panini, ciambelle salate e dolci squisitezze ma, una volta svuotato, anche tutt'altro come mobili, bauli, biciclette.

Questa cosa ovviamente Monello doveva contemplarla più da vicino, saltò nel furgone ormai carico, la cui porta era ancora incautamente aperta e si guardò intorno. Non aveva di certo molto spazio ma un gatto, si sa, arriva dappertutto. E un piccolo gatto curioso in ogni caso. E mentre osservava ed annusava, non si accorse che lo sconosciuto si accomiatava da Enzo con "Ciao Vecchio! Buon viaggio! Grazie di portarmi la roba a mia mamma in Italia!" e chiuse la porta.

Il furgone partì.

Monello non si fece molti pensieri al riguardo, lo aveva accompagnato spesso, e il viaggio più di qualche minuto non durava mai. Il minuto divenne un'ora, e Monello iniziò a preoccuparsi. Non tanto per il viaggio in sé, in qualche modo ne sarebbe venuto a capo, ma più per la consapevolezza che l'approvvigionamento alimentare tra tavoli, sedie, comò e bauli sarebbe stato difficoltoso, ed inoltre non c'era nemmeno una toilette per gatti. Di conseguenza per prima cosa si sdraiò su una sedia imbottita ed aspettò.

Il viaggio era lungo. Si faceva sempre più lungo. Attraverso la finestrella del portellone di carico posteriore riusciva a vedere molte automobili. Poi delle grandi montagne. Poi si fece buio. Poi di nuovo chiaro.

Poi arrivò una grande pianura, poi una città molto grande. Si era già viaggiato per parecchie ore, e solo una volta ci si era fermati brevemente, senza però che venisse aperto il vano bagagli. Non voleva certo scappare, e poi dove sarebbe potuto andare? Ma doveva andare così urgentemente ... che dovette arrangiarsi smontando la tappezzeria di una sedia. Non era ovviamente una soluzione di lunga durata, e anche per niente dignitosa come si addiceva ad un gatto, ma non c'era proprio altro da fare.

Infine il furgone si fermò in un porto. Monello non aveva mai visto così tanta acqua tutta insieme, e neppure queste enormi case galleggianti. Osservò stupefatto la scena dal suo finestrino. Brulichio e concitazione e voci dal tono italiano si potevano percepire.

Poi ad un tratto il furgone si addentrò in una di queste case galleggianti, e poco dopo si fece scuro ed iniziò a vibrare e ad ondeggiare.

Il traghetto era salpato per l'isola.

L'isola

Monello incominciò ora a preoccuparsi seriamente, poiché questa situazione non riusciva proprio ad inquadrarla. Non conosceva il mare, non conosceva le navi, non aveva una toilette da gatti e da mangiare non se ne vedeva più da un giorno. Tutto solo per colpa di quelle stupide femmine, pensò. Devo vedere di uscire da qui. Incominciò a grattare alla porta e a miagolare più che poteva.

Naturalmente nessuno lo sentì, poiché durante la traversata del traghetto nessuno poteva avvicinarsi alle auto. Eccetto quando questo attraccava ad una delle tante isole, alle quali era diretto. Ed in quell'occasione un marinaio sentì finalmente i rumori provenienti dal furgone di Enzo.

Il traghetto era attraccato su un'isola. Alcune auto si mossero e delle persone uscirono. Al marinaio i rumori provenienti dal furgone parevano sospetti: c'era forse un pericolo? Aprì prudentemente la porta. Gli arrivò incontro, con strazianti ruggiti da combattimento, un piccolo gatto tigrato. Monello soffiò quanto c'era da soffiare e, come pizzicato dalla tarantola, si precipitò a zampe levate verso la luce. Fuori di qui, e poi si vedrà.

Paese sconosciuto, fondo stradale che scotta, gente concitata e auto strombazzanti. Nessuno si accorgeva del gatto che correva affannosamente, alla ricerca di un pezzo di terra, dove potere finalmente sbrigare i propri affari.

Dopo essere riuscito, con sua soddisfazione, nell'intento, si guardò intorno per vedere dove si trovava ora la casa galleggiante. Non voleva di certo perdere Enzo! Vide allora che il traghetto aveva richiuso il portellone e partiva! Con il furgone di Enzo a bordo.

Monello si era arenato in un paese straniero!

Nessuno a casa sapeva dove si trovava, poiché nessuno lo aveva visto salire nel furgone e anche qui ovviamente nessuno lo conosceva.

Si sedette sotto un albero a riflettere.

Non sarebbe arrivato lontano, che una dolorosa zampata lo colpì alla nuca. Si girò di scatto e vide uno spaventoso gatto grigio: molto arruffato e malandato, un orecchio mezzo strappato, il pelo trascurato e a ciocche, la coda piccola e sottile, ma con le zampe vigorose, lo sguardo minaccioso e gli artigli affilati. Sullo sfondo stavano appostati due individui dall'aspetto simile.

"E qui chi abbiamo? Un grasso gatto benestante in viaggio di piacere? Vedi di farti da parte alla svelta, piccolo, quest'isola è il nostro territorio."

Monello ci pensò su. Se voleva sopravvivere qui, doveva sapere dove si trovava e soprattutto, non doveva farsi sottomettere, altrimenti sarebbe stata la sua fine.

"Non darti troppe arie, adesso" ribatté lui. Doveva guadagnare tempo.

"E' vero che sono appena arrivato e che ho perso la coincidenza. Adesso però sono qui e mi cercherò un posto. Ci sarà pure abbastanza spazio per tutti, visto che ci sono anch'io!" E lanciò da parte sua uno sguardo truce a quel tipo selvaggio.

Costui rimase esterrefatto.

"Posto per tutti? qui sull'isola? Io penso che tu non abbia proprio idea di dove ti trovi. Qui, per noi gatti, non c'è altro che topi, anche loro affamati, e avanzi di cibo mezzi marci che hanno già ucciso alcuni di noi. Un altro gatto è un gatto di troppo!"

"Che cos'è un'isola?" Monello non conosceva questa parola.

"E' qualcosa come uno stagno. Solo che lo stagno è la terra e la terra è l'acqua, questo per lo meno lo capisci?"

Monello comprese e comprese anche che era prigioniero. Doveva dunque prima di tutto sopravvivere e poi vedere come sarebbe ritornato a casa. Facile non gli sarebbe stato. Era sì abituato ad un'esistenza libera, tuttavia però anche alle comodità di una vita regolare in casa delle sue gemelle e ad abbondanti scatolette.

Gli venne allora un'idea. Il teppista grigio si era avvicinato minacciosamente.

"Come mai nel vostro menu non è previsto del pesce?" volle sapere.

"Ma sei proprio stupido, perché naturalmente gli uomini se lo mangiano loro. E a noi al massimo ci tirano dietro le spine, e quelle non si possono mangiare."

"E come mai semplicemente non ve li catturate voi? Se qui c'è tutta quest'acqua come hai detto, gradasso, allora ci sono dentro anche pesci. Se ne possono trovare perfino nel mio stagno!"

„I gatti non catturano pesci. Ci si bagnerebbero le zampe e soprattutto non sarebbero raggiungibili. Il mare non è uno stagno!"

"IO li catturo" dichiarò Monello spavaldamente, sebbene non ne fosse molto convinto. Sapeva però che era la sua unica possibilità per cavarsela con quella banda. E doveva farcela, perché andarsene via non poteva.

Il grigio sembrava scoppiare dalle risate.

"Sei proprio un grande sbruffone. Dai, vieni con me che voglio ridere ancora un po', prima che ti riempiamo di botte e ti scacciamo via da qui. Avanti!"

Lui scortava Monello, con gli altri due selvaggi a rimorchio, nuovamente verso il porto.

"Adesso fa vedere cosa sai fare" disse beffardo.

Monello si guardò intorno. Aveva bisogno di una posizione, da dove poter raggiungere l'acqua con la zampa, che però non doveva neppure essere così bassa che un pesce non ci potesse nuotare. Ecco che la trovò, il muro del molo era un po' scrostato e poteva sedersi al bordo dell'acqua. Ci guardò dentro attentamente. Molti pesci non sembravano esserci e sperava di non dovere aspettare a lungo, poiché gli altri si sarebbero sicuramente spazientiti.

E aveva bisogno del successo.

Dopo alcuni minuti vide un pesce variopinto di media taglia. Non sapeva se fosse commestibile, ma al momento non era nemmeno importante. Si distese tutto in avanti verso l'acqua, gli artigli di fuori, gli occhi come due fessure che fissavano il pesce e solamente il pesce.

Poi partì il colpo! La sua zampa penetrò nell'acqua, gli artigli arpionarono il pesce e lo tirarono fuori.

Trionfante si riavviò con la sua preda verso gli altri. Posò molto tranquillamente il pesce davanti a sé e cominciò a mangiarselo. Non era cattivo e la fame certo non gli mancava dopo quel lungo viaggio.

Il Grigio era stupefatto.

"Già, sembri proprio essere un tipo in gamba. Vogliamo metterti alla prova. Ogni giorno due pesci sono nostri e puoi avere un posto asciutto in un angolino da noi".

Monello non fece commenti, ma era contento che il primo pericolo fosse scampato. Il resto si sarebbe visto in seguito!

Ma il secondo pericolo incombeva già su di loro. Due ragazzini iniziarono a lanciare loro dei sassi per disperderli. Contemporaneamente gridavano cose incomprensibili, qualche cosa come "avanti" e "gatti".
I gatti schizzarono via.

"E questo che cos'era?" ansimò Monello, dopo avere raggiunto il nascondiglio della comunità di gatti dell'isola.

Si trattava di una capanna semidistrutta in un giardino inselvatichito infestato di rovi. C'erano sette o otto gatti che guardavano il Grigio con impazienza, e Monello in modo minaccioso.

"Era del tutto normale. Non sei abituato, vero, che i bambini invece delle coccole, ti lanciano sassi sulla testa?"

No, a questo Monello non era effettivamente abituato. La violenza da parte dei bambini verso i gatti, nel suo mondo dorato di casa non esisteva.

"Questo è un gatto benestante di terre lontane" lo presentò il Grigio agli altri.

"E' un po' scemo, ma sa cacciare i pesci. Per il momento resterà qui." li informò.

Gli altri non si opposero, poiché il Grigio era indubbiamente il capo della comunità selvatica. Il novellino a questo punto era stato accettato, ma sarebbe dovuto stare dietro agli altri.

Monello si presentò subito con il suo nome e si stupì, che qui un nome praticamente non ce l'aveva nessuno.Venivano tutti chiamati semplicemente con nomi come "il Grigio", "la Bianca" o "il Guercio" a seconda delle loro caratteristiche. Come lui del resto!

Ne vedremo delle belle, pensò tra sé, ho sicuramente ancora molto da imparare qui e questa rude realtà non la conosco.

***

Lara e Lena erano inconsolabili, la sera in cui il loro gattino Michi non rientrò come d'abitudine attraverso il suo sportellino. Dapprima si pensò che si fosse solamente attardato, ma quando si fece buio, fu chiaro che doveva essere successo qualche cosa. La famiglia andò subito alla ricerca, chiese ai vicini, chiamò addirittura la polizia per sapere se da qualche parte fosse stato investito un gatto, poiché nemmeno questo poteva essere escluso. Ma senza esito, nessuno aveva sentito o visto qualcosa.

In questa notte nessuno dormì bene. Non Monello e non la sua famiglia, distante più di mille chilometri e un mare.

Il combattimento

Così trascorsero dunque i giorni. Monello iniziò a guardarsi intorno e ad esplorare i dintorni. Trovò che l'isola non era nemmeno così male. C'erano poche Auto e poche persone. E c'era molto territorio libero tra le case, cosicché si riusciva, di fatto, a cavarsela piuttosto bene. Sempre ammesso che non ci si comportasse troppo stupidamente, come molti degli altri gatti, che erano o troppo pigri o semplicemente troppo stolti.

Ma, comunque, non era nemmeno così semplice. La maggior parte dei gatti erano semplicemente troppo deboli o troppo malati, se ci pensava bene. Avrebbe perciò dovuto stare attento a non finire così anche lui.

Sul menu c'erano quindi topi, gechi, pesce, e di tanto in tanto delle persone gentili – di fatto esistevano anche queste! – mettevano fuori un piattino con della pasta. Questa non è che gli piacesse molto e a volte gli aveva anche provocato il mal di pancia, ma si accorgeva che lo rinforzava e lo rinvigoriva, e ne aveva bisogno. Solo un gatto sano può farcela in questo mondo!

Un grosso problema era l'approvvigionamento idrico. L'acqua di mare non è potabile neppure per un gatto, stagni o ruscelli non ce n'erano, a meno che non piovesse (e questo capitava di rado anche se poi subito diluviava) e così si doveva fare affidamento su bidoni e pozzanghere. Per fortuna dietro al rudere dove si era insediata la piccola comunità di gatti, c'era una depressione, probabilmente un vecchio abbeveratoio, nel quale l'acqua piovana poteva mantenersi un po'.

Tutto ciò non era proprio entusiasmante, trovò Monello, ma non si poteva farci niente. Si era però accorto, che di tanto in tanto il Grigio stava lontano molto a lungo, quasi tutto il giorno quando non pioveva da qualche tempo. Gliene avrebbe parlato all'occasione o l'avrebbe seguito segretamente. Cosa non facile, poiché non sapeva orientarsi quanto il gatto indigeno.

Un ulteriore problema che non poteva essere risolto, erano i cani. Non è che gli uomini amassero i loro cani, ma li trovavano utili, accettavano solamente ciò che tornava loro utile. Il gatto apparteneva alla categoria di topi, ratti, meduse e zanzare.

I gatti sono molto preziosi per quelle persone, che instaurano con loro una relazione e li comprendono.

La gente dell'isola, almeno la maggior parte, non voleva entrare in relazione coi gatti e nemmeno comprenderli. Così la convivenza risultava tutt'altro che semplice. I cani sapevano di essere favoriti e si comportavano di conseguenza, presuntuosi, arroganti, aggressivi, come se fossero loro i veri padroni dell'isola. Malgrado ciò, questa ipotesi si poteva di fatto escludere. Un gatto invece non accetterà mai un padrone su di sé, neppure quando si tratta di una servitù amorevole, come quella in casa di Monello dai Weinmüller.

Un giorno, era freddo e piovigginoso e i gatti si erano rintanati nel rudere per rimanere un po' all'asciutto, arrivò ringhiando minacciosamente Smetti, il cane del vicino di strada. Era stato rimproverato dal suo padrone (gli aveva rovinato la caccia) e ora si cercava una vittima per dimenticare l'umiliazione subita. I gatti a questo scopo erano perfetti e li avrebbe strapazzati proprio per bene.

Smetti balzò dentro abbaiando. I gatti schizzarono da parte e saltarono velocemente in cima ai muri. Ma la baracca era vecchia e i muri ispiravano tutt'altro che sicurezza si poteva scivolare giù in qualsiasi momento e in quel caso, per uno era finita. Smetti saltava avanti e indietro, scatenato come un derviscio impazzito e diventava sempre più furioso.

Monello pensò, beh, più grande di una capra non lo è, e valutò la situazione. Si ricordava però anche della fine poco gloriosa della sua avventura caprina nella fattoria. Si trattava pertanto di un'iniziativa rischiosa. Si sporse verso il Grigio che gli stava seduto accanto, perplesso, come al solito quando non riusciva a dominare una situazione, il che gli capitava frequentemente.

"Stai attento a cosa succede. Quando gli sono addosso, arrivi tu e mi dai una mano!"

A sentirlo dava l'idea di essere molto coraggioso e calmo, ma in realtà il cuore, scivolatogli nella zampa posteriore destra, gli batteva furioso. Non importa, l'avrebbe fatto lo stesso!

Smetti, due metri più in basso, girò la schiena verso di lui. Monello prese lo slancio e si precipitò soffiando furiosamente sull'invasore, dritto sulla schiena. Graffiò tutto quel che c'era da graffiare, morse e picchiò che era uno splendore, sempre facendo un tale frastuono che il cane non riusciva a riaversi.

E sempre stando attento a non avvicinarsi troppo alla bocca e a non farsi disarcionare. Ma lentamente le sue forze diminuivano.

Che fine aveva fatto il Grigio? Quella volta che avevi urgente bisogno di lui, non c'era, ma poi il cane lanciò un improvviso urlo di dolore. Monello vide che il Grigio gli aveva addentato la coda. Gli diede ancora qualche energica zampata sulle orecchie canine e poi saltò giù per scacciare, con un ruggito collettivo, il nemico gemente nella notte.

Il Grigio annuì in segno d'approvazione. "Non sei per niente male, Piccolo" e lo zampettò amichevolmente. Una delle gatte, una signorina bianca come la neve, si avvicinò e ripulì il pelo di Monello, tutto arruffato. Nel contempo sussurrava: "Vieni da me più tardi..." guardandolo con ammirazione.

Era stato definitivamente accettato dalla comunità. Ma sarebbe mai riuscito veramente ad adattatasi all'isola?

***

Nel frattempo, era già via da casa da parecchio, la famiglia divenne sempre più triste, non avendo più un gatto che rallegrasse la loro esistenza. Alla fine i genitori, che non ne potevano più di vedere le gemelle che non avevano nemmeno più voglia di ridere, decisero di prendere di nuovo un gattino. Sarebbe stato completamente diverso dal loro   Michi-Monello, ma lo avrebbero amato allo stesso modo.

E così un giorno, era casualmente Natale, arrivò una piccola gattina nera che si sistemò in tutta comodità. Non si muoveva molto, si interessava soprattutto al dormire e al mangiare ed era anche entusiasta di ogni sorta di coccole. Tutti erano felici e così la chiamarono "Felicitas". Ma in segreto erano tutti ancora totalmente afflitti per il piccolo gatto scomparso.

Un'escursione

Monello aveva acquisito una posizione, che era diventata quasi indiscussa. Era il più scaltro, sapeva combattere e sapeva pescare. Nessuno poteva competergli, neppure il grigio, il quale naturalmente non lo avrebbe mai ammesso.

Ma che neppure osava non dare una risposta alla domanda di Monello, su dove si recava continuamente.

"Vieni con me domani, ti faccio vedere qualcosa che dovrà però rimanere il nostro segreto. Dovrai però camminare a lungo per arrivarci!"

Per Monello andava bene, nel paese sull'isola ci si arrugginiva un po' alla volta, per quanto erano corte le vie.

Quindi i due si misero in cammino. Dapprima sui vicoli noti del paese, poi avanti, sempre salendo di altitudine, attraverso vigneti e alla fine attraverso il bosco. Il loro percorso era inizialmente una strada asfaltata, poi un stradina di campagna ed infine soltanto ancora uno stretto sentiero nel bosco. Si andava su e sempre più su.

A Monello mancò per un po' il fiato, non essendo abituato a simili salite. Il Grigio gli saltellava allegramente davanti, evidentemente felice di essere nuovamente in vantaggio su qualcosa.

All'improvviso Monello si arrestò.

"E questo cos'è?" domandò, mentre vide un bastone molto strano che si trovava sul sentiero.
Il Grigio si irrigidì.

"E' un serpente" sussurrò. "Può essere pericoloso…!!!"

Monello non conosceva i serpenti e paura non ne aveva più, di niente e di nessuno. E poi perché, che cosa poteva ancora impressionarlo?

"OK, che cosa facciamo adesso?" domandò al Grigio.

Questo era divenuto di un tono ancora più grigio ed organizzava già la dovuta ritirata.

"Con i serpenti non c'è da scherzare" lo ammonì.

Monello cercò di inquadrare la situazione. Il serpente, che pareva semplicemente starsene al sole a godersi il caldo, cooosì pericoloso non sembrava proprio esserlo.

"Dobbiamo soltanto riuscire a fare in modo che se ne vada dalla strada" propose.

"Eh già, molto semplice, e come immagini di farlo, furbacchione???"

"Fammi un po' pensare: è disteso al sole e questo, a quanto pare, gli piace. Quindi, dobbiamo fare in modo che il sole se ne vada da lui e così dovrebbe dileguarsi. Stai attento!" annunciò sfacciatamente e saltò sul più vicino albero.

Si era nuovamente riempito troppo la bocca, e ne era pure consapevole. Sapeva sì fare molte cose, ma far sparire il sole, non riusciva neppure a lui. Gli era di certo chiaro che i rami di un albero proiettano ombra, ma come poteva con le sue piccole zampe, cambiare la posizione dei rami di un albero?

Mentre ancora si guardava innanzi indeciso, con il Grigio tremante di paura molto più in basso e il serpente immobile davanti a lui, una piccola nuvola si spinse dinanzi al sole.

Il serpente si ritrovò d'un tratto nell'ombra e se ne andò. Monello saltò giù dall'albero e disse al Grigio: "Lo vedi, è talmente semplice" ed incassò occhiate d'ammirazione.

Ma tuttavia non si sentiva del tutto a proprio agio, in quanto il suo contributo sull'accaduto non era stato eccessivamente determinante.

Ma non importa, fino a quando rafforzava la sua posizione, era tutto a posto, pensò tra sé.

Avanti e ancora avanti procedeva la salita e finalmente arrivarono ad un pozzo. Il Grigio disse:

"Questo è il mio segreto. Qui si trova sempre acqua fresca, anche nei periodi più caldi dell'estate. E solamente perché io conosco questo posto, ho la forza di occuparmi degli altri".

"Ma allora perché non condividi il segreto?"

"Loro non ce la farebbero ad arrivare fin qui, ed io non ho nessuna possibilità di portare l'acqua giù in paese, alla nostra comunità. Se dovessi rivelarlo si creerebbe solamente confusione per niente. Soltanto a te, Monello, posso dirlo, perché solo tu possiedi la forza e lo spirito di diventare forse un giorno il mio successore!"

Il Grigio guardava assorto in lontananza e nel futuro, e non vedeva nulla che gli sarebbe piaciuto.

"Dai vieni, dobbiamo arrivare completamente in cima!"

Giunti lassù Monello rimase stupefatto. Erano arrivati sulla sommità di una collina e molto al di sotto di loro vedevano il paese, intorno a loro molti boschi e vigneti e tutto attorno... Monello deglutì: soltanto mare blu, le mura della sua prigione.

Questo per lui era troppo.

Egli disse al Grigio: "Sono stanco, mi riposerò brevemente sotto quel cespuglio là in fondo, prima di ridiscendere."

"Fai pure, ma non stare troppo, la strada del ritorno davanti a noi è lunga e chissà che il serpente non ci tenda un agguato, là dove tu gli hai fregato il sole. Io intanto darò un'occhiata, se qualche topo impertinente non ha trovato la strada per arrivare quassù. O se un escursionista ha dimenticato qualcosa di utile per noi" aggiunse furbescamente.

A Monello non importava, voleva solamente riposare e lasciare fluire liberamente i suoi pensieri. Che storia pazzesca era mai, quella nella quale era capitato? Gli occhi gli si chiusero.

Ma la quiete auspicata non voleva arrivare. Gli parve d'un tratto di potere volare. Fluttuava sopra l'isola, poi sopra il mare, ed il vento voleva portarlo sempre più lontano. Non sapeva se procedere o tornare indietro.
Ad un certo punto rivide il suo stagno nel suo paese davanti a sé, e Otello, che di cattivo umore, stava lì seduto a cercare di pescare, le gemelle, che ancora gli preparavano un posticino, e vide perfino la mamma capra che un tempo lo aveva maltrattato.

Avrebbe voluto afferrare tutto ciò, voleva trattenerlo, ma non era possibile. Una zampa di gatto si piantò piuttosto indelicatamente nel suo orecchio.

"Svegliati, sognatore, dobbiamo partire!"

Monello si guardò intorno. Si trovava sempre sulla collina, molto sotto di lui il paese ed il bosco e le vigne, e tutto intorno l'infinito mare blu che lo teneva prigioniero.

Singhiozzò. "Dai, allora cerchiamo di fare in modo di ritornare in paese, prima che si faccia buio."

Monello ed il grigio fecero ritorno insieme. Con un'esperienza in più e con un'illusione in meno.

Samina

Il malandato gatto grigio osservava Monello in modo critico. Conosceva nel frattempo la sua storia, Monello gliel'aveva raccontata durante le loro lunghe escursioni.

Sì, Monello si era integrato nella piccola comunità di gatti. Certo, era diventato ancora più robusto e riusciva a difendere se stesso e gli altri. Certo, apportava il suo contributo nella difficile caccia di prede ed aiutava i cuccioli e la comunità stessa a nutrirsi.

Certo, la sua astuzia aiutò a superare talune tensioni all'interno della comunità, come anche certi altri problemi. Ma tuttavia ...

Monello non si addiceva a quell'isola con le sue strutture arcaiche. Non era di sicuro felice ed il Grigio lo notò subito nello sguardo di quei tristi occhi verdi, il cui fuoco iniziava a spegnersi.

Monello aveva nostalgia della sua casa, delle gemelle, delle sue scatolette, dello stagno con i pesci, delle piccole avventure in paese ed addirittura un pochino della capricciosa Florentina. Per quanto in realtà solamente un pochino!

Monello doveva lasciare l'isola, questo, per il Grigio era evidente. Lasciare l'isola o soccombere. Ma come poteva fare? Sui motoscafi non riusciva ad infilarsi nemmeno un topo senza essere notato, e anche sui grandi traghetti stavano attenti che non salissero passeggeri indesiderati, meno che meno a quattro zampe!

Ma poi gli venne in mente qualcosa: Samina! Quella stravecchia, inavvicinabile gatta con tutti i colori del mondo e, dotata di tutta la saggezza che una gatta può possedere (e non è poco!). Doveva portare Monello da lei.

"Ho un'idea, Monello! gli disse. "esiste ancora una gatta qui, che tu non conosci ma della quale hai forse già sentito parlare. Si chiama Samina ed è la gatta più anziana e più saggia che io conosca. Alcuni di noi sono suoi figli o figli dei figli o figli dei figli dei figli. Vive da sola lassù ai margini del paese e non si fa praticamente mai vedere. E' intelligente ed evita le persone, sebbene, così si dice, ne esistano alcune delle quali si fida e che l'hanno aiutata a superare certi momenti difficili.

Ti porto da lei, forse sa darci un consiglio su come farti ritornare a casa!"

"Ma adesso è questa la mia casa …"

"No Monello, ma guardati un po'. Io sono contento di averti con noi, sei diventato per noi un membro importante nella comunità, ma questo non è il tuo mondo. Dai vieni con me!"

Monello gli diede segretamente ragione e andò dietro al Grigio. Prima lungo i vicoli e le strade note, poi avanti attraverso giardini e vigneti che ancora non conosceva. Dietro l'ultima casa giunsero ad un groviglio di rovi, che appariva impenetrabile.

"Là dietro c'è una piccola caverna con una piccola sorgente d'acqua. Samina si ritira qui, quando vuole rimanere indisturbata:"

"Ma allora non la si può mica nemmeno disturbare, vero?" chiese Monello.

"Situazioni particolari richiedono provvedimenti particolari" brontolò il Grigio. "Samina, ci sei?" chiamò in direzione del groviglio. "Sono io, il Grigio. C'è qualcuno qui, che ha bisogno del tuo consiglio!"

Per un po' non si sentì nulla. Poi ci fu un fruscio e improvvisamente, sotto ad un ramo si videro apparire due occhi. Occhi felini, impenetrabili e profondi occhi felini che squadravano i due gatti. Il Grigio tremava leggermente, mentre Monello era ora indeciso sul da farsi. Così decise, intanto di mettersi seduto sulle zampe posteriori e di ascoltare molto attentamente. I suoi verdi occhi rivolsero lo sguardo verso quelli impenetrabili.

Una voce di gatta disse all'improvviso:

"Grazie, Grigio, era da tanto che aspettavo di vedere Monello. Tu puoi andare".

Il grigio gli lanciò un'occhiata incerta, diede quindi una zampettata a Monello e sparì sollevato. Vecchia strega, pensò, ma cosa non si fa per aiutare qualcuno.

Un racconto

Monello sedeva sempre in silenzio senza evitare lo sguardo di Samina. D'un tratto la boscaglia si separò e ne uscì una gatta molto piccola, tutta colorata. Dal suo aspetto, si capiva che aveva già superato diverse tempeste, tipiche della vita dei gatti isolani.

"Allora tu sei Monello" ella constatò. Lui si sorprese che lei potesse conoscerlo, visto che non l'aveva mai incontrata prima. "Io qui so tutto", aggiunse lei, quando notò uno sguardo interrogativo. "Qui si può diventare vecchi come me solo se si è prudenti, se si sa tutto degli altri gatti e soprattutto, questo è la cosa più importante, se si riconoscono le persone delle quali ci si può fidare".

"E come si fa a saperlo? a casa la gente è così, mi danno una cassettina per gatti, un posticino caldo e cibo come si deve, senza che me lo debba sempre cacciare da me. E le coccole, quando ne ho voglia" aggiunse tristemente.

"Qui funziona diversamente" replicò Samina impassibile.

"Alcune persone qui, lasciano un po' di avanzi di cibo per i gatti, due o tre hanno addirittura una casa come quella che hai appena descritto tu. Ma la stragrande maggioranza ci considera dei parassiti, che devono essere annientati. Bisogna guardarli negli occhi, bisogna vedere, come reagiscono nei nostri confronti, come ci considerano."

"Che cosa devo fare, trovarmi una famiglia qui?"

"No, devi andare via da qui" disse lei risoluta. "Ma non puoi farcela da solo. Io non conosco il posto, dal quale provieni. Sicuramente sei già stato da un veterinario – ho sentito che sulla terraferma, esistono medici che si occupano degli animali. E da certi gatti, che ogni tanto vengono in visita sull'isola con i loro uomini, so che questi hanno la possibilità di ritrovare i loro gatti smarriti. Uno mi ha fatto vedere un marchio che aveva addosso, un collare, e a guardarti così direi che dentro le tue orecchie c'è qualcosa, che normalmente nessun gatto qui possiede. Devi perciò fare in modo che qualcuno ti adotti."

"Ma chi mai si prenderebbe un teppista come me? Si, se fossi ancora il piccolo Monello, che faceva infuriare le capre della fattoria, sarebbe stato un po' diverso, ma così … " pensò con espressione infelice. Aveva inquadrato la sua situazione in modo molto realistico. Il suo pelo non era più bello lucente, bensì arruffato e pieno di pulci, e sebbene fosse muscoloso, era anche dimagrito.

"Hai degli occhi incantevoli, mio caro, e potrei immaginarmi che esista qualcuno, sul quale potresti usare il loro fascino."

Lei guardò giù verso il paese, vide il mare con le numerose imbarcazioni e vide il sole tramontare sotto il cielo di un profondo blu.

"Adesso è il periodo, in cui ci sono molti visitatori sull'isola. Gli uomini le chiamano "ferie" e sono convinti che se si allontanano dalla loro casa per un certo tempo, sono più felici. Questo può anche essere vero, ma soltanto un gatto sa, che una vera casa è la cosa assolutamente più importante."

Monello annuì.

"Esiste una famiglia che ritorna sempre, prima o poi, e si ferma per alcune settimane" iniziò lei. "Io la conosco già, da quando ero molto giovane. Avevo capito che queste persone amano i gatti e quando erano presenti stavo da loro. Da loro ho imparato molto.

Soltanto una volta ci sono state delle difficoltà, erano diventati improvvisamente tre e avevano con sé un piccolo che chiamavano "Baby", ed in quel periodo non potevo andare da loro. Avevano senz'altro paura che potessi disturbarlo o farlo ammalare. Ma questo gliel'ho perdonato."

Scrutò in lontananza nei suoi ricordi.

"Un anno dopo Baby era diventata una piccola bambina e giocava con due dei miei cuccioli, che avevo avuto in quell'anno.

Improvvisamente il suo sguardo si fece preoccupato.

"Avevo sperato, che li prendessero entrambi con loro, perché per dei gattini qualsiasi vita è migliore che stare qui sull'isola."

Monello ascoltò affascinato il racconto della piccola, saggia, vecchia gatta.

"Io non so, quanti cuccioli ho avuto nella mia lunga vita, ma quasi nessuno di loro è sopravvissuto per più di alcuni mesi."

Monello era sconvolto. "A casa mia i contadini, dai quali vengono al mondo dei gatti, si preoccupano che finiscano in buone mani. La maggior parte di loro trova una buona sistemazione. E non sono stupidi come me, da pensare di dovere esplorare il mondo, a causa di una storia di donne per giunta mai maturata. Comunque non sono nemmeno così tanti, visto che certe gatte non possono avere cuccioli, e certi gatti non sanno che cosa fare con le gatte." raccontò sorpreso.

"Io ho sentito dire, che molti uomini vogliono risparmiare ai loro gatti la fatica dell'allevare dei cuccioli. Forse è meglio così, pur tuttavia non vorrei rinunciare a nessuno dei miei piccoli, anche se mi hanno procurato molte preoccupazioni." Un'ombra scivolò sul suo piccolo, vecchio volto scavato.

"Ma volevo raccontare, come proseguì la storia dei due piccoli. Erano gli ultimi due di una cucciolata, una stupenda gattina e un maschietto molto furbo. Li portai quindi dalla mia famiglia sulla terrazza, con la speranza che lì potessero stare bene ed avere io un po' di tempo per rigenerarmi. Devi sapere che è stato sempre molto faticoso e non ho mai avuto né voluto nessun aiuto. A quei due piccoli ho raccomandato di non essere troppo indiavolati e di comportarsi bene. Naturalmente, ma questo lo sai anche tu, i due non avevano la benché minima intenzione di attenersi alle raccomandazioni materne.

Correvano scatenati per la terrazza. Venne loro preparata una cassettina nella quale potevano dormire e gli costruirono perfino una lettiera, pensa un po'! Io però non ci potevo andare, cosa che mi andava anche bene. Non potevo farmi rammollire, se volevo continuare a sopravvivere. Ad ogni modo stavamo tutti bene, la bambina aveva i suoi compagni di gioco, i piccoli ricevevano cibo buono ed abbondante ed io avevo la mia tranquillità. Naturalmente anch'io ricevevo dai miei uomini, ciò di cui avevo bisogno."

All'improvviso guardò con aria soddisfatta e un po' nostalgica in lontananza, come in ricordo di un passato migliore.

"Ad un certo punto poi andò come di consueto, si misero in pratica attività non abituali e quindi sapevo che il tempo delle vacanze, e con questo anche la mia fase ricreativa, sarebbero terminate. Ho fatto capire a quella gente, che poteva pure portare con sé i due piccoli e dare loro un futuro migliore, di quello che potevano aspettarsi qui. Ho continuato a dirglielo in modo chiaro ed inequivocabile, ma tu sai bene quanto gli uomini fatichino a comprendere. Ho continuato a spingere i piccoli verso di loro. Ma evidentemente non lo hanno capito."

Lei chiuse gli occhi. Monello aspettava con interesse la fine della storia.

"Poi arrivò il giorno della partenza ed io lo percepivo chiaramente. La bambina, che tra l'altro si chiama Giulia, iniziò a piangere al momento di doversi separare dai suoi amici gatti. Alla fine hanno preso un cestino, ci hanno messo dentro la gattina, mentre il gattino lo hanno deposto al mio fianco. Dissero, che avrebbero potuto portarne con loro solamente uno, trovandosi il loro appartamento in una città con tanta acqua, nella quale esiste poco spazio per i gatti. Ci sarebbe stato posto per un gatto soltanto. Ma sarebbero ritornati presto a trovarci per vedere di noi."

"E sono poi ritornati? E che cosa ne è stato del gattino?"

"Il gattino lo conosci bene, è il Grigio che ti ha accompagnato qui, l'unico della banda là sotto, che si fida di venire da me. E' del tutto soddisfatto del suo destino, gioca a fare il capo e si ritiene comunque molto valoroso. La mia bambina e la famiglia da allora non li ho più visti. Sono già passate un paio di estati da quando sono stati qui, ma non abbandono la speranza di poterli ancora rivedere, prima che io muoia."

Samina guardò con i suoi saggi occhi verso Monello. Sapeva che i suoi giorni sulla terra erano contati, ma sapeva anche, che le sue sette vite di gatta erano ancora lontane dall'essere esaurite.

"Chissà, dove mi spedirà il vecchio saggio gatto dell'arcobaleno nella mia prossima vita, mi piacerebbe rivedere i miei uomini ancora una volta!"

"Non hai detto che adesso è il periodo in cui solitamente vengono?"

"Hai ascoltato attentamente, Monello. Vieni, andiamo a dare un'occhiata."

E si avviarono lentamente attraverso i giardini verso le case al margine superiore del paese.

Giulia

Saltellarono attraverso tetti, terrazze e giardini ed infine raggiunsero la casa di villeggiatura della famiglia. Sembrava effettivamente abitata!

Samina disse a Monello: "Tu intanto rimani nascosto mentre io vado a sondare la situazione."

Monello si stese sotto un cespuglio e contemplò lo scenario. Samina andò, anzi, saltò, così velocemente quanto glielo permettevano le sue vecchie ossa, attraverso sentieri abituali fino sulla terrazza e disse: "Ciao Gente, eccomi di nuovo qua. E' bello che anche voi siate finalmente ritornati!"

Fu una vera gioia! L'uomo e la donna quasi si inciamparono per l'entusiasmo di rivedere la vecchia gatta. E anche la bambina, Giulia, nel frattempo cresciuta e fattasi molto bella, era tutta felice.

Samina intanto era soddisfatta e si guardò intorno, per vedere se la ciotola del cibo si trovava ancora dove era sempre stata. Si, c'era e come ai vecchi tempi lei ci si sedette di fronte. Ma qualche cosa era diverso dal solito...

I peli della sua nuca si rizzarono, i baffi vibrarono e lentamente si guardò attorno. C'era un altro gatto che le soffiò contro! E questo per lei era intollerabile. Monello nel suo nascondiglio osservava curioso lo spettacolo.

Samina emise un ruggito minaccioso, fece lampeggiare i suoi occhi e agire i suoi poteri magici. Ed immediatamente l'altro gatto abbassò la coda ed iniziò la dovuta ritirata.

Gli uomini naturalmente non si accorsero di nulla e dissero soltanto „ma, Mietzi (così chiamavano Samina!) si tratta di tua figlia, la nostra Principessa!!!"

Ma guarda un po', Principessa dunque, pensò Samina. A quella signorina dovrò prima far vedere chi è di casa qui e chi non lo è. Figlia o non figlia. E osservò la sua bambina.

"Così sei ritornata, allora. Te la sei passata bene, eh? e fece piombare una zampata ad appena tre millimetri da quell'altra.

Questa la guardò presuntuosa.

"Sì, eccomi di nuovo qui. Per un po' di giorni, poi ritornerò a casa mia a Venezia. Lì la vita per un gatto è più sopportabile, là i gatti non sono costretti a scavarsi una tana, cacciare topi denutriti e aspettare l'elemosina sotto forma di avanzi di cibo."

"Ascolta! Io non so che cosa ne hanno fatto di te, ma mi sei un po' debitrice, perché senza di me non avresti mai potuto condurre questa vita principesca. Tuo fratello è piuttosto il contrario di un principe, ma per lo meno si mantiene da solo. Là dietro, sotto quel cespuglio, c'è un gatto molto triste e perduto, proveniente da paesi lontani, che miracolosamente è capitato qui sull'isola. Deve andarsene da qui e questo è possibile solamente, se la tua gente lo porta con sé. Diventerai perciò sua amica ed insieme, faremo in modo che possa partire con voi!"

"Ma io quel tipo nemmeno lo conosco" brontolò la Principessa.

"Sciocchezze!" sibilò Samina e fece nuovamente piombare la zampa a pochi millimetri da lei. "Quel tipo non è male."

Diede quindi un segnale a Monello. Costui raggiunse, piuttosto titubante ma a testa alta e con la coda eretta, la terrazza. Osservò con i suoi grandi occhi verdi la compagnia ed in modo particolarmente intenso Giulia, che fu subito conquistata.

"Guardate, papà e mamma, che bel gatto, questo sì che sarebbe il compagno di giochi ideale per la mia Principessa." I genitori strabuzzarono gli occhi a sentire la loro figlia, impazzita per i gatti. Della disputa tra Samina e Principessa invece non avevano percepito nulla, era successo tutto così in fretta che solo un gatto poteva accorgersene.

Monello decise di tenersi intanto in disparte e si dedicò con tutta calma alla ciotola del cibo, che era pronta all'uso.

Poi bevve dell'acqua fresca ed infine si guardò intorno soddisfatto. Ok, la piccola non è male anche se piuttosto capricciosa, ma certo con la bambina Giulia ci si dovrebbe capire! Le ricordava le sue gemelle, Lara e Lena, e quelle in effetti le abbindolava come voleva.

Guardò Samina e gli fu subito chiaro, che avrebbe dovuto fare una buona impressione su Giulia. Questo non gli sarebbe risultato difficile poiché, quale gatto potrebbe avere delle difficoltà con una piccola cucciola umana innamorata dei gatti?

Pertanto non si allontanò più da Giulia, si lasciò sollevare senza protestare, strapazzare le orecchie, strigliare il pelo, e solo quando lei provò ad annodargli un fiocco rosa si ribellò.

Questo non poteva tollerarlo, come avrebbe potuto ripresentarsi così ai suoi compagni giù al porto??? Andava infatti a trovarli ogni sera e li informava sui suoi progressi.

Anche con la Principessa se la cavava bene, dopo averle fatto capire innanzitutto che non gli interessava affatto prendere il suo posto e poi, che non intendeva metterle contro la piccola Giulia. Voleva soltanto andarsene dall'isola, e se Samina sosteneva che questa era l'unica strada, allora doveva intraprenderla.

Un giorno ripresero le solite operazioni frenetiche su quella terrazza, fino a quel momento così tranquilla.

Samina disse a Monello: "Ecco, amico mio, questa situazione mi è nota. Adesso rimettono insieme le loro cose e presto partiranno. Fai in modo di nasconderti nella loro Auto!"

"E tu, cara Samina?"

"Io non sono una CARA SAMINA" sibilò questa. "Sono la vecchia strega dell'isola, non dimenticarlo! Così mi considerano gli altri gatti ed è così che deve rimanere. E' questo il mio posto. Fino a quando le mie forze saranno sufficienti, mi occuperò dei gatti che vivono qui. Questo è il mio compito. Poi me ne verrà assegnato un altro. Anche tu hai un compito da portare a termine, ma non qui. Devi ritornare dalle tue gemelle, poiché sentono tantissimo la mancanza del loro gatto, e perciò tu dopo ti troverai in quell'auto senza fiatare!"

Monello deglutì.

"Samina, io ti ringrazio di tutto. Saluta il Grigio da parte mia e gli altri gatti della comunità dell'isola, che mi hanno accolto tra loro. Non dimenticherò mai, come hanno diviso con me, quel poco che avevano!"

"Ma dai, non erano proprio disinteressati. Se tu non li avessi ricambiati, ti avrebbero subito cacciato in un angolo" rise Samina. "E adesso, avanti."

Monello scoprì una piccola cavità nell'auto e vi si nascose. Giulia, la bambina, pianse in modo straziante perché non trovava più il suo gatto, ma Monello voleva farsi rivedere soltanto quando sarebbero stati lontani dall'isola. Poteva volerci molto tempo, questo lo sapeva, ma non voleva correre il rischio, di venire escluso dal viaggio proprio all'ultimo momento.

Alla fine, tutti i bagagli furono stipati e la piangente Giulia allacciata sul sedile posteriore. L'auto si avviò, con una Principessa che russava tranquillamente nel suo cestino, una singhiozzante Giulia ed un Monello tremante nel suo nascondiglio sotto le borse da viaggio, verso il traghetto.

Il cui portellone si chiuse, e per Monello fu il più bel suono da molto tempo a questa parte: era sulla via di casa!

Monello a Venezia

Si fece scuro, si sentirono gli stessi rumori come all'andata, ma Monello non fiatava. Così si fece semplicemente una dormita e aspettò l'evolversi degli eventi.

Dopo una lunga notte il portellone del traghetto si riaprì, la famiglia salì sull'auto insieme alla Principessa nel suo cestino ed intraprese il viaggio verso casa. Monello pensò che fosse arrivato il momento giusto per farsi vedere. Fece rumore, cercò di scavarsi un varco tra le borse, ma non riusciva ad avanzare. Miagolava sempre più forte e lentamente divenne furioso. Dovevano pur sentirlo! Infine iniziò a grattare da dietro allo schienale al quale era appoggiata Giulia. Questa urlò "Papà, fermati, c'è qualcosa dietro di me!" Papà naturalmente non riusciva a rifiutare alla figlia alcun desiderio ed entrò nel primo parcheggio e lì, dopo avere spento il motore, sentirono chiaramente il lamento di un gatto ... Le borse da viaggio vennero tirate fuori in tutta fretta e all'improvviso Monello schizzò fuori come un lampo e si nascose dietro al primo cespuglio. Giulia era fuori di sé dalla felicità: "Ecco dov'era finito il mio gattino" gridò tutta contenta. Papà era un po' meno entusiasta, ma che cosa poteva farci?

Monello, visibilmente sollevato, venne quindi ficcato nel cestino con la Principessa, manifestamente infastidita, ed insieme proseguirono il viaggio verso casa.

Verso Venezia. Una città con tanta pietra, parecchia acqua e poca vegetazione.

Doveva pensare innanzi tutto a riprendersi, recuperare le forze, e da Giulia e la sua famiglia non c'era niente di più facile. Ricevette cibo decente, una lettiera tutta sua (dividerne una con la schizzinosa Principessa non era da prendere in considerazione neanche per sogno) e c'era anche sempre una ciotola con acqua fresca a disposizione.

Così ingrassò un po', il pancino divenne un po' più tondo (ma veramente solo un pochino poiché ci teneva a rimanere in forma!) ed il pelo ritornò ad essere come in passato, morbido come la seta.

In effetti, per il momento gli era andata piuttosto bene, pensò. E ripensò con nostalgia ma anche pieno di gratitudine a Samina, al Grigio e al resto della comunità dei gatti dell'isola. Le cose sarebbero potute andare anche in modo totalmente diverso. Giurò a se stesso, se un giorno fosse ritornato a casa, che avrebbe trovato un modo per sdebitarsi con coloro che lo avevano aiutato nel momento del bisogno.

Come sarebbe potuto arrivare a casa ancora non lo sapeva, ma era già arrivato a buon punto, e sicuramente ce l'avrebbe fatta ad arrivare a destinazione.

I giovani gatti non hanno un concetto molto accurato di nozioni geografiche!

Per il momento, comunque, Monello si riteneva soddisfatto. Diversamente dalla pigra Principessa che passava la maggior parte del tempo a dormire, scoprì subito che la vita dei gatti qui si svolgeva soprattutto sui tetti.

La famiglia aveva un appartamento all'ultimo piano di un grande *palazzo*, come venivano chiamate le case a Venezia. Giù c'era una piazza molto animata e se si guardava di sotto dal retro, si poteva ammirare un canale di un verde scintillante con alcune barche ormeggiate. In lontananza, durante le giornate più limpide, si potevano vedere le montagne, e dalla terrazza sul tetto, anche se con molta fatica, si poteva scorgere in distanza il mare blu lucente.

Monello non voleva vederlo poiché non gli era amico.

Dopo alcuni giorni pensò che fosse giunto il tempo di esplorare i dintorni. La principessa in questo non gli era di grande aiuto, visto che non si allontanava dall'appartamento, godendosi invece il dolce far niente.

Iniziò perciò a piazzarsi davanti alla porta di casa e a graffiarla. Aveva sì imparato ad aprire le maniglie delle porte di casa sua, ma con questa non ci riusciva. Pareva fatta con un sistema non convenzionale, e dal momento che nessuno s'impietosiva – Giulia aveva paura che il suo gattino potesse perdersi nel brulichio delle calli e tra la confusione della gente – gli rimaneva solamente la via della terrazza sul tetto.

Quando un giorno, era una bella giornata di fine estate e la porta sulla terrazza era aperta per disperdere la calura estiva dall'appartamento, sgusciò fuori. Il parapetto non era molto alto e vide un groviglio di tetti, comignoli, altre terrazze, interrotti da strette aperture tra le case, che tuttavia non rappresentavano un ostacolo insormontabile.

Si era fatto pomeriggio nel frattempo, il momento, in cui un vero gatto si accingeva ad andare a caccia. Monello non sapeva bene che cosa poteva cacciare quassù. Topi di sicuro no, e gli uccelli avevano un aspetto minacciosamente grande.

Mentre se ne stava così seduto a riflettere, si accorse che dalle altre terrazze due gatti facevano capolino.

Saltò prudentemente dal balcone sul tetto sottostante e recuperò l'equilibrio. Questo era stato più facile di quanto pensasse, i tetti non erano molto ripidi e offrivano continuamente sporgenze e piani d'appoggio, di modo che riusciva ad avanzare molto agevolmente. Gli altri gatti lo osservavano più incuriositi che ostili. Le lotte per il territorio in questa città non sembravano esistere. Il che non era affatto strano, visto che da ogni due o tre tetti arrivava al massimo un gatto che poteva godere dei privilegi di una vita bene organizzata.

„E tu chi sei?" domandò uno di loro, un grande gatto che aveva molto chiaramente degli influssi persiani. L'altro, nero con delle schizzate bianche nel pelo (Monello trovò che avesse un aspetto un po' insolito!) si limitò a guardare curioso, tenendosi però in disparte.

"Mi chiamo Monello" rispose lui. "Arrivo da un paese lontano e attraverso incredibili peripezie sono ora capitato là dietro" e guardò oltre la sua zampa posteriore destra. "Una storia di donne!"

Il gatto persiano non era molto impressionato.

"Già, storie così ne sentiamo parecchie. Di tanto in tanto qualcuno arriva improvvisamente in città e non si trova a suo agio. Io lo so, in passato sono vissuto per un po' sulla terraferma, ma non è assolutamente paragonabile con questa città-isola."

Monello raddrizzò le orecchie. Aveva di nuovo sentito la parola "isola"? Era forse caduto dalla padella alla brace?

"Non è che anche questa sia un'isola?" chiese preoccupato.

"UN'isola? Ma tu stai scherzando. Si tratta di numerose isole, tutte collegate tra loro da ponti, ed un ponte grandissimo porta sulla terraferma. Tra parentesi" aggiunse questo, "io mi chiamo Poldo ed il tipo taciturno laggiù è Spizzico."

"Beh, allora cerchiamo di diventare buoni vicini! Sapete come si fa da qui ad arrivare giù a terra? Non sono ancora molto pratico del posto!"

"E cosa ci vai a fare? Ci trovi soltanto pavimentazioni in pietra e tantissima gente. Comunque c'è anche un piccolo parco ed un mercato dove vendono pesce fresco. A volte si riesce ad integrare un po' il menu."

Monello per il momento si accontentò. Pesce fresco, questa sì che era una buona notizia.

"Me lo fate vedere un giorno? Mi farebbe molto comodo trovare del pesce senza doverlo cacciare da solo."

"Tu sai catturare pesci?"chiese Poldo meravigliato.

"Certo, altrimenti non sarei sopravvissuto sull'isola" rispose laconico Monello.

"Allora torna qui domani mattina. Io conosco una strada per scendere. Il mio apriscatole possiede un negozio al piano terra, e ci posso arrivare da casa mia ogni volta che mi comoda".

Per Monello andava bene, l'indomani sarebbe quindi andato con Poldo e Spizzico (che non aveva ancora miagolato una parola) ad esplorare i dintorni.

***

La Signora Weinmüller aprì il proprio baule dei tesori ed osservò ciò che si trovava al suo interno. Voleva fare uno speciale regalo di compleanno alla sua amica e vicina di casa, Elisa, possibilmente qualcosa fatto da lei. E nel baule si trovavano ogni sorta di cianfrusaglie con le quali si poteva magicamente creare qualcosa.

Rovistava assorta tra le cose, quando si accorse di una lana di un azzurro splendente. Non un gomitolo ordinato, come dovrebbe essere, no, semplicemente un mucchio appallottolato in maniera affatto ortodossa. Si ricordò improvvisamente che era la lana della sciarpa, nella quale le gemelle volevano infagottare il gatto Michelangelo. La lana aveva ancora un buon aspetto, e quei pochi peli di gatto che vi si potevano trovare, non disturbavano poi molto.

Decise di districare la lana e di fare una nuova sciarpa per Elisa. Era anche lei un'amante dei gatti ed avrebbe saputo apprezzare questo regalo, con un'impronta personale dell'ormai da lungo tempo scomparso Michelangelo.

Tanto più che d'inverno andava volentieri in vacanza da qualche parte vicino a Venezia. Da quelle parti ci può essere un freddo polare e la sciarpa le potrebbe essere molto utile!

Un incontro al mercato

La mattina seguente Monello sgattaiolò nuovamente sul tetto per aspettare Poldo. Da lì a poco arrivò anche lui, ed insieme scesero le scale della casa del vicino e raggiunsero il negozio attraverso uno sportellino per gatti. Poldo fece capire a Monello di rendersi invisibile, in quanto non era sicuro che il suo "apriscatole", che tra l'altro era un uomo molto gentile (e quale amante dei gatti non lo è!) fosse d'accordo che portasse qualcuno con sé a fargli visita.

Monello naturalmente non aveva nessun problema in questo, sull'isola era una questione di sopravvivenza, farsi vedere solamente quando era indispensabile. Così strisciò dietro ad alcune casse fino alla porta e seguendo Poldo scivolò poi fuori in strada. Si guardò intorno sbigottito. Niente alberi, niente cespugli, niente verde – solamente pavimentazioni in pietra e gente concitata. Ma in compenso neppure automobili.

Seguì Poldo, sempre stando attento che nessuno gli si avvicinasse troppo. Attraverso piccoli ponti oltrepassarono alcuni canali, e poco tempo dopo un gradevolissimo odore di pesce stuzzicò il naso di Monello. Lo annusò estasiato.

"Ma dove siamo qui, che c'è questo buon profumo di pesce?" domandò.

"Dietro il prossimo angolo si trova il grande mercato del pesce, là sì che potrai strabuzzare gli occhi" ribatté Poldo. "Spizzico sarà sicuramente già arrivato, il suo "apriscatole" infatti possiede uno stand, dal quale cade sempre qualcosa di prelibato!"

In effetti, il gatto bianconero li stava già aspettando.

"Venite con me, che vi mostro il mio stand."

"Che, detto più precisamente non era proprio il suo, ma come fanno tutti i gatti, anche Spizzico considerava i beni del suo "apriscatole" come fossero i suoi. E del resto come poteva distinguerli?

Lo stand aveva un aspetto molto invitante. Ogni sorta di pesci e animali marini, dal mollusco fino al gambero gigante, dal polipo dalle molte braccia fino al grande pesce spada, si trovavano sul banco. Disposti ordinatamente e guarniti appetitosamente. Due uomini servivano i numerosi clienti. Uno di loro, di nome Salvatore, vide il suo gatto.

"Ah, Spizzico, hai portato con te un paio di colleghi. Poldo, del calzolaio all'angolo già lo conosco, ma quel bel tipo chi è?

Monello lo squadrò con i suoi grandi occhi verdi. Certamente di quell'uomo ci si poteva fidare. E tra l'altro qualcosa di commestibile per lui sarebbe sicuramente arrivato, prima o poi.

Salvatore si volse nuovamente verso la sua clientela. Poldo e Spizzico girarono ancora un po' per i dintorni, Monello invece stava seduto immobile in una piccola nicchia di un muro e teneva d'occhio lo stand. Lo stomaco iniziò a brontolargli ed il vecchio istinto di predatore gli si risvegliò. Si potrebbe anche tornare a caccia, e dal momento che i pesci neppure si muovono, dovrebbe pure essere possibile ...

Le sue pupille si strinsero in sottili fessure e i suoi muscoli si tesero. Adocchiò un piccolo pesce di colore rosso, che avrebbe potuto portarsi via senza problemi.

Saltò sullo stand più veloce di quanto si potesse immaginare, si acciuffò il pesce e scappò a gambe levate.

Salvatore gli gridò dietro "moneeeello", ma dovette poi nonostante l'arroganza del gatto a lui sconosciuto, ridere di gusto.

Monello era affascinato. Di nuovo qualcuno che conosceva il suo nome, com'era possibile?

Improvvisamente gli ritornò alla mente che la sua mamma gli aveva detto che era proprio un monello, ed era sicuramente questo che intendevano.

Trovò un'altra nicchia e si apprestò a consumare il bottino. Il pesciolino era leggermente freddo in quanto le merci dello stand stavano appoggiate sul ghiaccio, ma aveva un sapore delizioso.

Gli altri due gatti avevano avvertito il tumulto che Monello aveva provocato e si precipitarono da lui.

"Ma che cosa credi di fare, selvaggio!" imprecò Spizzico. "Qui non siamo mica nella giungla dove uno può prendersi tranquillamente quello che vuole quando gli gira!"

Monello riconobbe che aveva ancora una volta molto da imparare. Ma fondamentalmente gli appariva chiaro, che anche qui non sarebbe potuto rimanere a lungo. Con Giulia si stava sì molto bene ed anche i loro rapporti erano ottimi, ma questa città di pietra ed acqua non faceva per lui. Singhiozzò.

"Ho paura che tu abbia ragione, devo proseguire il mio viaggio. Ma dove e soprattutto come? e chissà, se un giorno arriverò di nuovo a casa!"

Questo naturalmente non lo sapeva né Poldo né Spizzico. Ma entrambi ebbero la stessa idea:

"Il Paradiso dei gatti!"
esclamarono contemporaneamente.

"E che roba è?" chiese Monello perplesso.

Poldo spiegò: "Ne ho sentito parlare da un cugino dalla terraferma, che di tanto in tanto ci fa visita con la sua famiglia. Là esiste una casa, una grande fattoria, dove gli uomini si occupano degli animali ammalati, abbandonati e disperati. Laggiù vivono tutti tranquillamente insieme, gatti, cani, capre e perfino gli uomini!"

Spizzico confermò tutto.

Monello non ci poteva assolutamente credere. Sarebbe praticamente come essere nel suo paese e nella fattoria dove è nato. E qualcosa del genere dovrebbe esistere in questo insolito paese?

Poldo proseguì. "Deve essere proprio nelle vicinanze. Mio cugino non viaggia mai a lungo per arrivare qui ed il posto è nel suo vicinato. Abita in un paesino ai margini della laguna, in direzione dei monti."

Spizzico però aveva dei grossi dubbi.

"Non ci arriverai mai attraversando il grande ponte. Di una gatta che aveva tentato di attraversarlo non si è più trovata traccia e nessuno ha più sentito qualcosa di lei."

Monello era disperato. Di nuovo una speranza svanita!

Poi però Spizzico aggiunse: "Ho un'idea. Salvatore nel frattempo già lo conosci. Se ne va fuori in laguna ogni domenica con la sua, nostra, barca. Là si incontra sempre con i suoi amici in un ristorante, per mangiare e giocare a carte e poi andare a caccia di uccelli. E' in direzione delle montagne. Sul posto ci sono sempre delle macchine parcheggiate, quindi da lì si dovrebbe poter raggiungere la terraferma."

"Ma quello non mi porterà certo con sé, dopo che gli ho fregato il pesce!"

Ma figurati, a Salvatore piacciono i tipi sfacciati come te. Ed io vado sempre con lui, perché è del parere che mi faccia bene di tanto in tanto uscire dalla città. Lascia che ci pensi io!"

E fu così, che la domenica successiva, Monello prese commiato dalla Principessa (alla quale la cosa andava benissimo), si strusciò ancora una volta intorno alle gambe di Giulia per farle capire che ora se ne sarebbe andato, e si diresse con Spizzico al mercato. Forse non avrebbe trovato niente, ma poi almeno avrebbe saputo come e in che direzione sarebbe stato possibile un ritorno a casa. Un ennesimo addio.

La barca di Salvatore era attraccata alla riva. Lui ci stava già seduto dentro ed aspettava con impazienza il suo gatto. Era visibilmente sorpreso, allorché vide l'impertinente tipetto dagli occhi verdi accanto a Spizzico.

"Ecco di nuovo questo monello!" disse accarezzandolo sulla testa. "Sei proprio un bel tipo, non dirmi che vuoi venire anche tu? Beh, allora salite a bordo, così il viaggio sarà ancora più divertente!"

I due gatti saltarono in barca e si accomodarono sulla coperta a prua. Salvatore si sedette dietro al timone ed il viaggio ebbe inizio.

Dapprima lentamente, attraverso gli stretti canali della città, poi sempre più velocemente attraverso la laguna. La barca dondolava sulle onde e, di tanto in tanto, arrivava uno schizzo d'acqua attraverso il parapetto dello scafo aperto. A Monello tutto questo appariva sinistro, ma quando vide come Spizzico se ne stava disteso in santa pace a godersi il sonno del giusto, si tranquillizzò e fece lo stesso.

Diverso tempo dopo, nel frattempo era diventato mezzogiorno ed il sole bruciava nel cielo, la barca attraccò in un piccolo canale. C'erano anche delle altre barche, ma anche macchine e biciclette. Saltarono giù: Salvatore si diresse dai suoi amici e i due gatti per prima cosa dietro al cespuglio più vicino.

A Monello piaceva ritrovare finalmente terra sotto le zampe, respirare il profumo d'erba e di spezie selvatiche ed infastidire gli uccellini. Era questo il suo mondo, piuttosto che la vita in una grande città.

Spizzico disse: "Ecco, mio selvaggio amico, ci siamo dunque. Devi seguire questo stretto sentiero, sempre avanti diritto. Io una volta sono arrivato fino in fondo, fino al punto nel quale imbocca una strada. Lì ho incontrato una piccola gatta, tutta variopinta, che mi ha raccontato del paradiso dei gatti. Se abita ancora lì, puoi chiederle la strada."

Monello fu improvvisamente convinto, che avrebbe trovato questa gatta. Piccola e tutta colorata, una gatta portafortuna dunque, com'era anche Samina. Sapeva di essere sulla strada giusta.

Ciò che non sapeva, era quanto lunga sarebbe stata questa strada.

Comunque, questo se lo giurò, ce l'avrebbe fatta.

"Grazie a te e a Poldo, Spizzico! Siete dei veri amici! E passate ogni tanto a trovare Giulia, là ve la passerete bene …!"

"Stacci bene anche tu Monello! e pensaci, se non ne esce niente, domenica prossima siamo ancora qui, e sarai sempre il benvenuto da noi, vecchio teppista."

Monello gli diede un buffetto e si avviò quindi lentamente lungo lo stretto sentiero polveroso, sempre in direzione dei monti lontani.

La strada per il paradiso dei gatti

Il sentiero era molto stretto e procedeva su un argine, a destra e a sinistra c'era acqua, e solamente una stretta striscia di verde li separava. Solo molto di rado passava una macchina, ma Monello trovò sempre un nascondiglio. Era di ottimo umore e rincorreva farfalle, che tuttavia non riusciva mai ad acciuffare.

Gli uccelli stavano seduti sugli alberi o se ne andavano in giro nell'acqua bassa, e non erano facili da raggiungere. E anche con i pesci non aveva molto successo, cosicché il sostentamento era tutt'altro che assicurato. Solo di tanto in tanto compariva nel menu un incauto topo.

Ma di ciò non gli importava. Felice e giocoso come un gattino se ne andava per la sua strada.

A poco a poco il paesaggio iniziò a mutare. L'acqua rimase indietro, il sentiero si allargò leggermente e a destra e a sinistra si sorgevano ora giardini e campi. Questo significava che non avrebbe sofferto la fame, poiché lì si trovava sempre qualcosa!

Dopo aver camminato, anzi, saltato e corso come un matto, arrivò ad un bivio. Il suo sentiero confluiva in una strada, avanti non si poteva andare perché c'era un fiume che non poteva attraversare. Questo doveva quindi essere la posizione della quale gli aveva parlato Spizzico.

Accanto ad un piccolo ponte c'era una casa diroccata con una tettoia, un nascondiglio ideale per un gatto, pensò tra sé. Si avvicinò con prudenza alla recinzione tutta bucata. Non si vedeva nessuno. Improvvisamente si sentì un fruscio ed una voce di gatta che disse:

"Buongiorno Monello. Ti stavo proprio aspettando!"

Attraverso un buco nella rete venne fuori Samina. Almeno così sembrava, poiché la gatta portafortuna di tutti i

102

colori, somigliava in modo sbalorditivo alla sua vecchia consigliera ed amica.

Monello era molto confuso.

"Samina?" chiese a bassa voce.

"No, non sono Samina. Ma da lei ho saputo che poteva darsi, che un impertinente gatto dai meravigliosi occhi verdi avrebbe potuto passare di qui ed avere bisogno del mio aiuto!"

"Ma com'è possibile una cosa del genere? Lei non si trova su un'isola a miglia e miglia di distanza? si meravigliò Monello.

"Noi gatte portafortuna siamo tutte in collegamento tra di noi. Come funzioni, non lo so. Vedi, nella mia testa prendono forma pensieri ed immagini, e la cosa funziona anche al contrario, ed è così che ci scambiamo reciprocamente le informazioni!"

Monello non ci capiva niente di cose del genere, ma se sapeva il suo nome e lo stava aspettando, doveva pur essere vero.

"E tu come ti chiami? E come sta la mia Samina? Ed il Grigio dell'isola ...? Aveva mille domande in testa.

"Io sono Feja. Di Samina non ho più sentito niente già da diverso tempo, l'ultima cosa era che sei per strada e che forse saresti potuto passare di qui. Era dell'idea che un tipo sveglio come te, avrebbe sicuramente trovato il paradiso dei gatti più vicino, e lei sa che qui nelle vicinanze ne esiste uno."

D'un tratto Monello iniziò a preoccuparsi per Samina. Si ricordò che il suo commiato da lei era stato molto definitivo e che lei riteneva che il proprio compito fosse ora stato portato a compimento.

"Non preoccuparti, Monello. Samina ritornerà. Vedi, noi gatte portafortuna veniamo continuamente rispedite sulla terra, per assicurarci che a voi malandrini non ne capiti una di troppo. E così anche lei presto ritornerà e riceverà un compito nuovo. Tu lo verrai a sapere quando incontrerai nuovamente una gatta portafortuna come me."

Monello si ricordò che Otello, una volta, gli aveva raccontato qualcosa di una gatta del genere nel paese vicino. Si propose, se mai fosse riuscito a tornare a casa, di indagare.

Singhiozzò.

"Spizzico, il mio collega da Venezia, pensava che tu mi potessi indicare la strada per il paradiso dei gatti. Voglio assolutamente ritornare a casa e credo, che questa sia l'unica via ancora percorribile, l'ultima possibilità che ancora mi rimane."

Feja annuì.

"Si trova qui lungo la strada. Tieniti sempre sulla sinistra, ma è una strada lunga e pericolosa. Non te lo descriverò, perché quando sarai arrivato lo saprai e dovrai capirlo da te. Il paradiso dei gatti infatti, esiste solo nel proprio cuore ed è visibile solamente a chi lo vuole vedere."

"Allora non è proprio così paradisiaco?" chiese Monello deluso.

"Sì che lo è! Ma solamente per colui che lo riconosce! E" aggiunse in tono allegro, "qualcosa mi dice che tu lo riconoscerai, poiché sei un tipo di cuore. E ce la farai anche a ritornare a casa tua. Devi soltanto crederci intensamente, e allora ce la farai!"

Monello non era sicuro che l'avrebbe riconosciuto. Ma il suo viaggio lo aveva già condotto così lontano, e quindi perché non sarebbe dovuto riuscire questa volta? Peggio di allora, nel momento in cui era salito sul furgone di Enzo, non poteva comunque andare.

D'altronde diversamente non avrebbe potuto intraprendere il viaggio.

Fece le fusa: "Feja, allora andrò avanti. E' bello sapere che esiste qualcuno che si preoccupa di me. Si, riuscirò a ritornare a casa e starò attento che non mi succeda niente!"

Feja lo seguì con sguardo serio, allorché riprese la strada. Non più così euforico, ma pur sempre pieno di speranza.

Anche la strada era stretta, ma ciononostante molto trafficata. Monello si tenne sempre sul ciglio erboso, facendo attenzione che nessuno gli passasse sulle zampe. Le parole di Feja gli risuonavano ancora nelle orecchie. Non era certo che sarebbe riuscito a riconoscere il paradiso dei gatti.

Passò vicino ad alcune case e fattorie, ma la loro vista non gli procurava nessuna reazione. Quindi non erano certamente gli indirizzi giusti.

Camminò per un giorno, camminò per due giorni. Da nutrirsi ne trovava in abbondanza, poiché, in confronto alla disponibilità di cibo sull'Isola, questo posto era un vero e proprio paese della cuccagna. Accanto alla strada c'erano prati e campi con topi ed altre cose da mangiare, dall'altra parte c'era il fiume con acqua fresca e pesci.

Continuò trotterellando nel crepuscolo, completamente immerso nei suoi pensieri. Chissà che cosa faceva il Grigio, se Samina si era davvero trasferita nel paese dell'arcobaleno, se Spizzico e Poldo continuavano a scorazzare sui tetti, se Lara, Lena e Giulia stavano bene … fu troppo tardi per vedere che la strada faceva una curva stretta. Troppo tardi per vedere la motocicletta. Un pesante colpo lo centrò alla zampa posteriore destra, catapultandolo di lato nel fosso.

Rimase lì per ore ed ore. Il tempo era peggiorato ed iniziava a piovere. Il fosso si riempì d'acqua e Monello si riprese finalmente dal suo stato d'incoscienza, proprio mentre gli stava per arrivare alla gola. Si trascinò faticosamente verso l'alto, fino sul bordo della strada. La zampa doleva in modo infernale, non riusciva ad appoggiarla. Quando provò a pulirla avvertì sapore di sangue.

Questa sì che era una bella scalogna! E che cosa doveva fare ora?

Cacciare non poteva più e anche muoversi, gli riusciva solo molto faticosamente. Proseguì lentamente traballando sulle tre zampe. Sempre al lato della strada, sempre attento a rimanere coperto. Non era infatti neppure più in grado di difendersi, e chi poteva sapere quali pericoli lo attendevano? Il giorno ebbe inizio ed un caldo sole prosciugò le pozzanghere dalla pioggia notturna. Monello non trovò più acqua, la via per il fiume gli era impedita poiché non era più in grado di attraversare in sicurezza la strada.

Continuò ad avanzare barcollando, con i denti stretti. No, diceva a se stesso, sei arrivato fin qui e non puoi arrenderti così, proprio ora.

Arrivato a sera però non ce la fece più. Gli restava solamente la voglia di distendersi, e non gli importava di dove si sarebbe svegliato il giorno dopo. Le sue palpebre si abbassarono e Monello cadde in un sonno profondo.

Sentì una voce chiamare "Monello..." Era Samina! Era un sogno o la realtà? "Monello... non puoi arrenderti! Tieni duro, ce l'hai quasi fatta..."

A Monello queste parole continuarono a risuonare nelle orecchie. Lo aiutarono a superare la fredda notte sul ciglio della strada.

Poi arrivò il mattino ed il sole svegliò il gatto esausto, affamato e mezzo morto di sete. Guardò in su con gli occhi socchiusi. Sopra di sé vide un cartello di legno che raffigurava un gatto. Dietro ad un cancello c'era un grande pastore tedesco che lo osservava con i suoi fidi occhi marroni, accanto a lui stavano seduti due gatti tigrati che lo guardavano incuriositi.

Voleva dire qualcosa, ma la voce gli venne meno. Dove si trovava? Era davvero arrivato? I sensi lo abbandonarono.

La fattoria della salvezza

I cani ed i gatti sono come "cane e gatto". Così è il detto. Qui al paradiso dei gatti invece era diverso. Nella grande fattoria c'erano diversi capanni, spazi liberi, prati, stagni, recinti per capre e tutti gli uomini e gli animali vivevano insieme pacificamente rispettandosi reciprocamente. Questo dipendeva anche dagli uomini, in particolare da Antonella ed Enrico, che gestivano amorevolmente la fattoria e trattavano gli animali con rispetto e amore.

Il grande cane pastore era con tutta evidenza il capo della fattoria. Ma anche i numerosi gatti avevano i loro spazi e rifugi, e tutti si intendevano tra loro alla grande.

Il cane Zuma, come pure i due gatti, capirono immediatamente, che il gatto là fuori davanti al cancello era messo tutt'altro che bene. Abbaiando e miagolando penosamente corsero verso la casa, per chiamare Antonella. Questa arrivò subito per vedere che cosa stava succedendo. Nel fossato giaceva un piccolo gatto, chiaramente ferito in modo grave, con una zampetta tenuta in posizione innaturale ed incrostata di sangue, il corpo completamente freddo con solo ancora un esile respiro.

Ahimè pensò tra sé, che tipo è mai questo? Non lo conosco proprio. Non è di certo uno della zona e a quanto pare è stato investito.

Procurò subito un cestino per gatti, ci sistemò dentro Monello ancora privo di sensi e si recò con lui dal dottor Taranto, il veterinario.

"Un'emergenza" gridò all'assistente. Questa capì subito di cosa si trattava e chiamò il dottore.

Costui guardò al disopra dei suoi occhiali ed esaminò il gatto.

Ahimè, Antonella, non ha proprio un bell'aspetto! C'è rimasto solo un filo di vita là dentro. Presto, portiamolo in ambulatorio!"

Per prima cosa gli mise in bocca con una siringa, un po' d'acqua con un anestetico leggero, molto leggero, ed una soluzione nutritiva. Poi iniziò a pulirgli la zampetta.

"Una ferita profonda alla zampa posteriore, che tra l'altro è fratturata. Dall'aspetto sembra che se la trascini già da diversi giorni. Gli farò una fasciatura e gli steccherò la zampetta, e poi rimane solo da sperare che da lei possa rimettersi.

Lanciò uno sguardo ad Antonella.

"Ha avuto una gran fortuna. Dove infatti potrebbe guarire meglio che nella sua fattoria *Gatta nera*?"

Antonella lo lasciò lavorare e si mise ad osservare il gatto. Era un bel tipo, lo si capiva facilmente. Di tanto in tanto singhiozzava per i dolori, ma sopportò il trattamento.

Fu quindi così che Monello fece il suo ingresso nel paradiso dei gatti e degli animali "*Gatta Nera*". In modo similmente trionfale come quella volta dai Weinmüller e cioè, trasportato come ferito.

Monello si godette innanzitutto la bella vita da gatto convalescente, accudito amorevolmente: acqua fresca, cibo fresco e di tanto in tanto un po' di latte. Lentamente però si risvegliarono anche i suoi sensi e avrebbe quindi voluto iniziare ad esplorare i dintorni. Questo però non gli era possibile, poiché era costretto a restare ancora al caldo nel reparto cure del Paradiso dei gatti, il locale caldaia. Nel frattempo era arrivato l'inverno e fuori per lui sarebbe stato troppo freddo, ma la ferita sarebbe pur guarita prima o poi. La zampa posteriore era ancora dolente, ma la stecca del Dottor Taranto fece il suo effetto.

Antonella veniva regolarmente a vedere di lui per dargli qualche razione di coccole terapeutiche ed anche Enrico, che si muoveva su una sedia a rotelle, andava spesso a trovare il convalescente a 4 zampe, che fortunatamente le aveva ancora tutte. A volte capitava che ci fossero anche altri gatti ammalati a fargli compagnia. Il mondo di solito non è così bendisposto verso i gatti, come meriterebbero, ma fortunatamente esistono anche molte persone che, per quanto è nelle loro possibilità, bilanciano la cosa. Antonella ed Enrico erano tra queste.

Alcune settimane dopo Antonella lo portò nuovamente all'ambulatorio veterinario, in quanto voleva anche sapere chi le fosse capitato. Aveva forse un segno di riconoscimento?

Il dottor Taranto rimosse la stecca ed esaminò la zampa posteriore.

"Sembra che sia rimarginata molto bene. Anche la ferita si è cicatrizzata. Il gatto guarirà!"

Il movimento lo avrebbe aiutato, ed anche se inizialmente dovesse ancora avere dolori, con un leggero antidolorifico nel cibo e normale attività fisica si sarebbe presto ristabilito.

Monello era felice di sentire tali parole. Un po' alla volta voleva infatti sapere dove si trovava ed era intenzionato a raccogliere alcune informazioni. Drizzò pertanto le orecchie!

Antonella chiese: "Non ha un microchip o un tatuaggio? Io nelle orecchie vedo soltanto delle macchie indistinte, senza riuscire a leggere qualcosa. Deve avere alle spalle alcune violente battaglie!"

Il dottor Taranto controllò attentamente.

"Un microchip non ce l'ha, ed il tatuaggio non è più decifrabile con esattezza. Solo qui, vede, si riescono a leggere le lettere "DE" – deve pertanto arrivare dalla Germania. Di più purtroppo non si riesce a capire. Che sia scappato a qualche vacanziere sulla costa?"

Monello avrebbe voluto spiegare ad Antonella che qui non conosceva nessuno, ma per prima cosa era ancora troppo debole e, secondo, Antonella aveva già scattato delle foto e affissi volantini segnaletici ai lampioni della città balneare sull'adriatico.

Ma nessuno si fece vivo!

Quando fecero ritorno alla fattoria, Antonella posò la gabbietta con dentro Monello tutto eccitato sulla terrazza e la aprì.

"Vieni, ora puoi uscire e dare un'occhiata al tuo nuovo territorio! Niente paura, qui sei al sicuro se non combini altre stupidaggini!

Non conosceva certo la sua storia, ma conosceva abbastanza i gatti, ed in particolare i giovani maschi, per potersi immaginare che il tipetto ne avesse già passate delle belle.

Il suddetto "tipetto" iniziò le sue scorribande, a volte da solo, a volte seguendo semplicemente uno degli altri gatti. Scoprì così il recinto delle capre (che gli riportò alla mente tristi ricordi della sua infanzia), il grande fienile con il solaio dove si trovava tutto il possibile da esplorare, il recinto dei cani, l'orto, la casetta del barbecue, insomma tutto ciò che si trovava nella fattoria.

Il suo raggio d'azione si faceva sempre più ampio e particolarmente eccitante era recarsi dietro al recinto delle capre. Lì il campo aperto terminava in un boschetto, attraverso il quale scorreva un piccolo fosso che segnava il confine con la natura selvaggia. Almeno così appariva a Monello, poiché una volta saltato il fosso ed aver strisciato per un po' nel sottobosco, si trovò improvvisamente di fronte ad una grande superficie d'acqua scintillante nel sole. Vi si aggiravano grandi uccelli, si potevano vedere alcuni pescatori e, con una buona visibilità, si scorgevano perfino i campanili della grande città in mezzo alla laguna.

Monello però ne aveva avuto abbastanza di grandi superfici d'acqua e preferì tornare indietro. Scoprì così che il vicino possedeva uno stagno pieno di pesci, che purtroppo era recintato a prova di gatti. Il vicino sapeva il perché! Voleva infatti venderlo il pesce e non metterlo a disposizione come cibo per gatti. Monello però scoprì presto – i suoi sensi erano stati affinati per sopravvivere durante il suo soggiorno sull'Isola – che dietro allo spaccio del pesce c'era sempre qualche cosa che non era vendibile e con la quale si poteva deliziarsi. Il pesce in effetti è qualcosa di diverso dal cibo per gatti in bustina.

Monello intanto si aggirava per il terreno della fattoria, giocava con le capre, stringeva amicizia con gli altri gatti e raccontava la sua storia, che era assolutamente incredibile. Quando però accennò a Feja, che alla fattoria era ben nota, gli crederono tutti.

Ma neppure loro sapevano come avrebbe potuto fare per ritornare a casa. E nemmeno Zuma, il vecchio e piuttosto saggio cane pastore tedesco. Lui era comunque dell'idea, che alla fattoria sarebbero arrivati sempre nuovi ospiti e che qualcosa sarebbe pur accaduto. E se non succedeva nulla, pazienza, si stava bene anche qui.

***

Giulia era completamente infelice che il suo gattino fosse di nuovo scomparso. Anche in questo caso vennero stampati dei volantini e, finalmente, Salvatore vide su uno di questi il suo passeggero clandestino, che quella volta, dopo la sua consueta escursione domenicale, aveva cercato senza più ritrovarlo.

Diede un'occhiata severa a Spizzico: "Che cosa avete combinato di nuovo?" Questo lo guardò in modo così innocente, come solo un gatto sa fare.

Salvatore raccontò al papà di Giulia del viaggio in barca fatto insieme, ma il gatto Monello non si trovava – neppure all'osteria dell'escursione domenicale era ricomparso.

***

Filippo

La cosa più interessante di tutte si trovava comunque di fronte al grande cancello d'entrata. "La gatta nera" e le circostanti case e fattorie, si trovavano su una stretta striscia di terra tra la laguna ed un placido fiume che le girava intorno per dirigersi nel mare. Questo fiume era attraversato da un ponte che affascinava Monello da morire. Una cosa simile non l'aveva mai vista prima. Non scavalcava il fiume, se ne stava invece appoggiato su dei barconi! Questi erano collegati tra di loro da una stretta carreggiata, cosicché le rare automobili, pedoni e ciclisti, potevano attraversare il fiume.

Monello naturalmente non sapeva che cosa fosse un ponte di barche, cosa che non gli impediva di andare ad esplorare la situazione.

Il ponte era provvisto ai lati solamente di una stretta ringhiera e così per un gatto, non era un problema saltare nelle sottostanti barche per andare a curiosarci dentro. Queste erano aperte sulla parte superiore e così all'interno si raccoglieva dell'acqua, varia immondizia ma anche cose interessanti come pezzi di corde e lattine vuote, con le quali si poteva giocare e rumoreggiare egregiamente.

Una volta, era verso mezzogiorno ed egli aveva voglia di fare ancora un salto al ponte prima della pennichella pomeridiana, ci fu qualcosa di insolito. Ad entrambe le estremità del ponte c'erano delle persone e, sul fiume, vicino alla riva, stava ormeggiata una stupenda nave bianca. Questa naturalmente non poteva lasciarsela scappare e così saltò sul barcone più esterno del ponte - magari sulla barca c'era una gattina che poteva salutare!

Ma non l'avrebbe mai scoperto! Un tremito attraversò il ponte ed il barcone sul quale si trovava Monello, virò allontanandosi dalla nave – ed il ponte non attraversava più il fiume ma se ne stava parallelo alla riva! Monello incominciò a miagolare penosamente per il panico e poi ad urlare più forte che poteva. Gli uomini sulla riva ridevano, evidentemente il gatto non aveva mai visto un ponte girevole! Non ci volle molto tempo che la nave bianca (Monello nel frattempo aveva perso qualsiasi interesse per qualsivoglia gattina) transitò accanto al ponte girato, che poi tornò a riportarsi nuovamente nella sua posizione originale.

Monello ritornò correndo più forte che poteva al suo Paradiso dei Gatti e raccontò tremando la sua esperienza. Nessuno però ne sembrava particolarmente colpito, poiché naturalmente i residenti più vecchi conoscevano già il segreto del ponte.

Dopo un sonnellino sul suo posto preferito nel fienile, si era comunque già di nuovo tranquillizzato.

Dopo alcuni giorni senza scorribande incominciò ad annoiarsi e fece nuovamente un salto al ponte – lì almeno c'era sempre qualcosa da vedere, fossero anche solo i pescatori che a riva buttavano giù le loro canne. Oggi però non c'era nessuno, nessuna barca ormeggiata a riva e, se non fosse che ogni qualche minuto un'auto sferragliava attraverso il ponte, si poteva pensare di trovarsi nel posto più solitario del mondo. Ed invece ci si trovava soltanto a pochi chilometri di distanza dalle chiassose e caotiche città turistiche dell'Adriatico!

Egli saltò di nuovo su uno dei barconi e voleva dirigersi verso prua: da lì si poteva guardare bene nell'acqua e magari passava anche qualche pesce che si riusciva a catturare. Di buon umore si sporse attraverso il bordo, ma poi s'irrigidì nel bel mezzo del movimento.

Si udiva, appena percettibile, un miagolio angoscioso!

Si affacciò all'interno del barcone ma non si vedeva niente, soltanto una grossa pozzanghera e la solita immondizia. Brrr, pensò, non vorrei proprio finirci là dentro, c'è da sporcarsi le zampe! Continuò quindi lentamente ad avanzare lungo il bordo, sempre in direzione del miagolio. Poi d'un tratto lo avvistò: un sacchetto di plastica bianca stava nell'acqua, soltanto l'apertura era emersa e al suo interno qualcosa si muoveva. Decise allora di saltare giù comunque fiutando cautamente la situazione. Attraverso l'apertura del sacchetto vide un cucciolo di gatto, sicuramente non più vecchio di un paio di settimane, semisommerso e che riusciva a malapena a tenere la testina fuori dall'acqua.

"E ora che faccio?" pensò Monello. Di tirare su il sacchetto non si fidava, avrebbe potuto scivolargli dalla bocca ed il piccolo sarebbe andato perduto. Inizio allora a strapparlo ma era troppo resistente.

Il gattino aveva smesso di lamentarsi, sperava nella salvezza. Monello lo aveva tranquillizzato.

"E tu chi sei? E cosa ci fai qui? Io mi chiamo Monello e vivo al Paradiso dei Gatti, proprio qui accanto."

Il piccolo bisbigliò qualcosa che poteva sembrare "Filippo".

Monello capì che non poteva resistere a lungo, doveva chiamare aiuto. Tornò indietro di corsa miagolando più forte che poteva. Enrico se ne stava davanti a casa al sole quando vide Monello arrivare così di fretta. Chissà cosa voleva questa volta, di solito non era così insistente da continuare a girare intorno a qualcuno, seguitando a guardare sempre nella stessa direzione.

Allora Enrico capì: il gatto voleva essere seguito, doveva essere successo qualcosa! Uscì attraverso il cancello e si diresse al ponte. Monello nel frattempo era ritornato da Filippo ed osservava Enrico fermo sulla riva.

Il sacchetto! Doveva esserci qualcosa lì dentro che bisognava far uscire. Ma come poteva arrivarci Enrico? Gli uomini non sono gatti e tra l'altro Enrico non era in gado di camminare. Telefonò allora ad Antonella ed al Parroco perché venissero al più presto. Il parroco aveva una barca ormeggiata a riva e con quella si poteva raggiungere il barcone.

Ci vollero solo pochi minuti perché i due arrivassero – il paese non era grande ed i tragitti erano brevi. Monello stava ancora da Filippo, era quasi riuscito a strappare il sacchetto a morsi e poi avrebbe almeno potuto trascinare il piccolo verso l'alto.

La barca intanto si accostò al barcone, Antonella si sporse verso l'interno - e trasalì. Un gattino, probabilmente chiuso in un sacchetto e semplicemente gettato, da gente senza scrupoli, nel barcone – chi mai può fare una cosa simile? Ella posò per primo Monello nella sua barca e poi, con molta cautela il piccolo.

Il piccolo tremava terribilmente, era fradicio e troppo debole per lamentarsi. Lo portarono a casa di corsa e gli somministrarono un po' di latte tiepido con una siringa. Poi telefonarono al dottor Taranto che gli diede una soluzione nutritiva, ma non poteva dare molte speranze. Filippo era molto, molto debole!

Monello gli rimase vicino e lo scaldò ed in alcuni giorni Filippo si fece decisamente più vivace, inizio a mangiare cibo per cuccioli ed alcune settimane più tardi, era di nuovo in grado di reggersi sulle sue zampette. Era però ancora piuttosto traballante, così Enrico lo tirava sempre su sulla sua sedia a rotelle e lo scorrazzava in giro per la fattoria per fargli vedere tutto quel che c'era da vedere.

Monello gli insegnò tutto ciò che sapeva e così, da trovatello semiaffamato e semiassiderato del ponte di barche, Filippo divenne un gattino scaltro ed impertinente, esattamente come lo era Monello!

Ritorno a casa

Un giorno arrivò una macchina tedesca alla fattoria. Era Elisa, l'amica della signora Weinmüller. Questa conosceva molto bene la fattoria e soprattutto Antonella e, essendo da sempre amante dei gatti, tornava spesso a trovarla.

Salutò con gioia Antonella e gli animali. Alcuni li conosceva, alcuni invece le erano nuovi e purtroppo qualcuno era anche morto.

Il suo sguardo cadde su Monello, che le sembrava in qualche modo familiare. Non riusciva però ad inquadrarlo.

Antonella le raccontò, che il gatto era stato trovato davanti al cancello, gravemente ferito, e che da allora si stava riprendendo. Supponeva che fosse scappato da un qualche turista tedesco sulla spiaggia dell'adriatico, ma purtroppo le sue fatiche per riportarlo indietro non ebbero successo.

Verso sera Antonella ed Elisa sedevano insieme su una panca davanti a casa a chiacchierare. Si era fatto fresco ed Elisa si era avvolta intorno una sciarpa. Era la sua sciarpa preferita, celeste con quell'odore di pelo di gatto, quella che le aveva regalato la signora Weinmüller.

Monello aveva appena terminato la sua visita serale dalle capre e voleva recarsi nel fienile, per distendersi sul suo posticino preferito per la notte e magari prima spaventare ancora questo o quell'altro topo. Sebbene non li cacciasse più, essendo l'alimentazione garantita alla grande, gli piaceva ancora da matti fargli paura. Del resto doveva pur mantenersi in forma. Chi poteva mai sapere che cosa gli avrebbe ancora riservato la vita?

Quando si avvicinò alla casa trasalì. Le vibrisse gli vibrarono, il nasino gli tremolò per il profumo che percepiva, i grandi occhi verdi erano completamente spalancati.

La sciarpa azzurra! Quella che conosceva!

Come impazzito si precipitò su Elisa, tirando e strattonando la sciarpa che ancora aveva il suo odore! E poi il profumo di Elisa, era lo stesso che un tempo si sentiva anche in casa, quando l'amica veniva a fare visita!

Antonella era tutta spaventata. "Moneeeeelllooo! Allora, che cosa combini con i miei ospiti? gridò.

Elisa era completamente sconcertata, ma improvvisamente le venne in mente, esattamente come a volte un fulmine cade dal cielo più sereno.

"Ma questo è Michelangelo, il gatto della mia amica della casa accanto! Quello scomparso tanto tempo fa!"

"E' mai possibile qualcosa del genere? Come può essere?"

Monello si era un po' tranquillizzato e cercò di raccontare la sua storia. Ma lo fece in un gattesco accelerato, che neppure Antonella poteva comprendere.

Elisa disse: "Nemmeno io so spiegartelo. Il gatto era semplicemente sparito circa due anni fa, da quando una sera non aveva fatto ritorno a casa. Nessuno aveva visto nulla, nessuno sapeva dove fosse!"

"Quindi niente turista, al quale sarebbe scappato qui sulla costa?"

"Non è del tutto da escludere, poiché potrebbe anche darsi, che sia semplicemente andato al paese vicino dove ha poi trovato un rifugio e sia andato sull'adriatico con quella gente. Ma questo non lo credo. Se la passava bene dai Weinmüller, ed ha sempre fatto ritorno a casa, alla sua panca vicino alla stufa e alla sua terrazza!"

"Ma allora da dove è arrivato? Questo rimarrà sicuramente un mistero." "Prima o poi si chiarirà, vedrai. Ma adesso dobbiamo prima di tutto informare i Weinmüller."

Antonella fece una foto di Elisa e Monello, poi venne scritta un'e-mail ed effettuata una telefonata.

La telefonata venne ricevuta dalla signora Weinmüller.

"Sono Elisa. Al momento mi trovo in vacanza alla *Gatta Nera* in Veneto. Pensa un po', credo, anzi, no, sono sicura di avere ritrovato qui il vostro gatto scomparso. Gli stessi occhi, la stessa venatura, forse un po' più grande, ma è lui. E strattona come un matto la sciarpa che mi hai regalato. Dai un'occhiata nelle tue e-mail, ho fatto una foto!"

La signora Weinmüller era senza parole e cominciò a tremare dalla gioia e dalla paura, che potesse essere proprio vero. Portò su immediatamente il computer e, sebbene fosse già tardi, svegliò le gemelle. Lara e Lena arrivarono nello studio mezze addormentate. Tutta la famiglia osservò incredula la foto.

"E' lui!" gracchiarono le gemelle in coro.

Il Signor Weinmüller era perplesso.

„Ma come fa quel tipo ad essere arrivato in Italia? Non è assolutamente possibile!"

Il nostro gatto può fare tutto! Dobbiamo partire SUBITO e andare a prenderlo!" pretesero le gemelle.

Infine venne deciso per prima cosa di dormire, ma di partire poi presto la mattina seguente.

La strada era lunga e si faceva sempre più lunga, ma alla fine i Weinmüller varcarono il cancello della fattoria e parcheggiarono stridendo sulla ghiaia.

Le gemelle saltarono giù dall'auto e si precipitarono su Elisa, che teneva in braccio Monello.

A questo venne quasi un infarto quando rivide la sua famiglia. Voleva essere lasciato scendere a terra e si divincolò. Si tuffò su Lara e Lena, si strusciò intorno alle gambe, fece le fusa più forte che poteva e quasi si ribaltò dalla gioia. Che ce l'avesse fatta davvero?

Anche il Signor e la Signora Weinmüller furono salutati con affetto e un gran miagolare, al Signor Weinmüller però disse:

"Avresti potuto anche sbrigarti un pochino!"

I gatti sono appunto fatti così.

Due giorni dopo tornarono tutti a casa. Monello troneggiava nel cestino sul lunotto posteriore e dormiva il sonno del giusto.

Arrivati a casa, la piccola gatta Felicitas scrutò tutta spaventata attraverso la porta, per vedere che razza di elemento stava arrivando. Soffiò a più non posso, era pur sempre a casa sua! Monello però non si lasciò impressionare particolarmente.

"Ciao bambina", le disse, "sono tornato. Sono stato via un pochino a guardarmi il mondo. E ti posso assicurare che alla fine il posto migliore è qui!"

"Ma io non ti voglio qui!"

"Ma dai, vedrai che ci arrangeremo, non mordo mica" ribatté pacifico Monello. Non era in vena di litigare, da quanto era contento di essere di nuovo a casa. "Lasciami soltanto la panca vicino alla stufa, la terrazza e una lettiera e allora ci capiremo a meraviglia."

"Beh, va bene" borbottò Felicitas.

La cosa non è che la convinceva del tutto, ma quando si rese conto, che anche quel selvaggio era effettivamente di casa, decise di dargli una possibilità.

E poco tempo dopo si capivano a meraviglia!

Monello, dopo un altro sonnellino sulla sua panca vicino alla stufa andò da Otello.

Questo, nel vederlo, a momenti svenne.

"E tu da dove sbuchi? Ero già convinto che fossi annegato nello stagno o che ti avessero divorato i cinghiali nel bosco" disse il gattone nero.

"Nooo, ero in vacanza. Ho girato molto" affermò Monello con aria da uomo di mondo.

Non era mica neanche necessario rivelare subito i dettagli non sempre molto gloriosi!

"E che cosa ne è stato di Florentina? E pur sempre a causa sua, che sono stato via così a lungo!"

Otello affermò che non viveva più qua, che si era trasferita in una località ignota, il che era anche la cosa migliore.

"E allora, un pensiero di meno" disse Monello ridendo.

"Con Felicitas va molto meglio, lei non è così capricciosa! Quel che conta però, è che sono di nuovo qua. Vieni, andiamo allo stagno, che poi ti racconto come me la sono passata!"

E fu esattamente ciò che fecero.

Epilogo

Monello era quindi ritornato a casa nel suo paesino. Quasi fisicamente indenne, ma arricchito di molteplici esperienze nello spirito. In tanti, gatti e uomini, lo avevano aiutato, e altrettanti ne aveva dovuto abbandonare.

Si ricordò delle gatte portafortuna e del racconto di Otello, secondo cui nel paese vicino si doveva trovarne una.

Questo non era molto lontano e così un giorno si rimise in viaggio: Ma come trovare questa gatta?

Era di buon umore, perché le gatte portafortuna non si fanno trovare, ti trovano loro! E, guarda un po', da dietro un fienile al margine del paese, due occhi di una profondità imperscrutabile lo stavano osservando. Ed effettivamente appartenevano ad una gattina tutta colorata.

"Ma guarda un po', ecco il famoso Monello!"

„Perché famoso?" replicò questo sconcertato?

"Beh sai, sei pur sempre riuscito a tenerci per bene sulle spine con il tuo girovagare!"

Monello deglutì.

"Ma io non volevo assolutamente ... "

"Chiacchiere! L'hai fatto, e hai accumulato più esperienze di quante ne possa fare uno qualsiasi dei tuoi colleghi! disse la gattina portafortuna.

"Sai qualcosa di Samina e Feja?" chiese lui pieno di speranza.

"Feja sta bene ed è in attesa di spedire altri gatti smarriti al paradiso dei gatti. Samina invece ha fatto ritorno al paese dell'arcobaleno."

Monello si rattristò.

"Non c'è motivo per essere tristi, Monello! Sulla tua isola una gatta bianca ha fatto una cucciolata, e uno dei piccoli è esattamente come una copia di Samina! Il cerchio si è chiuso, mio caro, Samina ha trovato un nuovo compito. E tu sei stato determinante in questo!"

A Monello ritornarono in mente all'improvviso, il cane, la gattina bianca, quella sera e le molte altre che seguirono ... e fu felice!

***

Il papà di Giulia non si arrese. Si recò sulla terraferma, da qualche parte doveva pur essere il gatto. E così capitò con i suoi volantini anche alla *Gatta Nera*, da Antonella ed Enrico, e lì apprese come si concluse il viaggio del gatto. Così il cerchio si chiuse definitivamente.

Ciò che avvenne dopo, è un'altra storia.

Ringraziamenti e osservazioni

Il ringraziamento più grande va alla mia amata Ina, che ha continuato ad incoraggiarmi perché scrivessi finalmente una storia di gatti, e mi ha sostenuto in questo con consigli ed azioni.

Un caro ringraziamento anche Tine, che ha contribuito alla storia con le illustrazioni più appropriate.

Un ringrazio eccezionale al mio caro amico Dalmazio per la traduzione!

E non si deve dimenticare le donne di un corso d'italiano molto speciale: Giuliana, Conny, Karin e Nicole.

Ringrazio anche tutti quei gatti che hanno rallegrato la mia e la nostra vita e, almeno alcuni di loro che lo fanno tuttora. Vanno ricordati soprattutto Biri, Sami, il Princi ed il Grigi, Nerina, Feja, Feli (la mamma di Monello), Maxi Lieselotte e Socki.

L'isola non ha nome, ma è basata su un modello realmente esistente.

La descritta struttura della società e la situazione dei gatti che vi vivono in libertà, si addice ad una qualsiasi delle isole minori dell'Italia meridionale, da Lipari a Marettimo, da Salina a Procida, da Stromboli a Ponza.

Anche un paradiso dei gatti esiste veramente. Chi vuole, può visitarlo in qualsiasi momento ed anche passarci la notte. Si tratta di un B & B sulla laguna veneta. Donatella, Dalmazio e tutta la famiglia si occupano amorevolmente e con molto impegno di animali ammalati e abbandonati, che vivono assieme pacificamente in quella che un tempo fu una grande tenuta.

Sul cartello di legno davanti al grande cancello di casa è da notare un vistoso gatto nero!

E chi avrà prima o poi l'opportunità di mettere piede su una terrazza veneziana, vedrà come di notte i gatti si ritrovano sui tetti.

Da qualche parte nel Sud-ovest, Germania, gennaio 2012 e gennaio 2015.

140

Monello, disegnato dalla piccola Sarah

Traghetto e l'isola

Il autore e Sami

Sami, il Princi (Principessa) ed il Grigi

Si scrive un libro

Birichino

Paradiso dei gatti